KB020125

로크미디어가
유혹하는
재미있는 세상

ROK
MEDIA
로크미디어

다시 사는
재벌가
망나니

다시 사는 재벌가 망나니 27

2023년 2월 20일 초판 1쇄 인쇄
2023년 2월 23일 초판 1쇄 발행

지은이 맹물사탕
발행인 강준규

기획 이기헌 왕소현 박경무 강민구 조익현
책임편집 금선정
마케팅지원 이원선

발행처 (주)로크미디어
출판등록 2003년 3월 24일
주소 서울시 마포구 마포대로 45 일진빌딩 6층
Tel (02)3273-5135 Fax (02)3273-5134
홈페이지 rokmedia.com E-mail rokmedia@empas.com

© 맹물사탕, 2021

값 9,000원

ISBN 979-11-408-0325-5 (27권)
ISBN 979-11-354-9456-7 04810 (세트)

다시 사는 재벌가 망나니

맹물사탕 현대 판타지 장편소설

27

ROK MEDIA
로크미디어

Contents

1장

요한의 집 원장인 소피아도 그러했으니, 전예은의 능력이 통하지 않는 대상은 나뿐만이 아니다.

애당초 전예은의 능력이란 그 작동 원리를 알 수 없는, 이론조차 확립하기 힘든 힘이었다.

하물며 전예은은 내게 자신이 가진 힘에 대해 이야기하면서도 그것이 어떤 식으로 구현되는지 내게 구체적인 설명을 하지 못했던 것이다.

전예은이 가진 그녀만의 고유한―상대의 생각, 과거 등을 읽어 낼 수 있는―능력은 그녀가 바라서 얻은 것도 아니었고, 언젠가 그녀는 내게 자신을 제외한 다른 '평범한' 사람들은 어떤 사유와 행동 방침으로 움직이는지조차 후천적인 학

습, 이를테면 소설이나 영화 등 화자의 내면 심리며 의식의 흐름 등을 묘사한 작품을 통해 간접적으로 익혀 왔다고까지 말했다.

거기서 나는 전예은의 능력이 사뭇 직관적인 것이며 그것을 소화해 남에게 전달하는 것도 그녀의 지력을 통해 언어화를 거쳐 소화하는 것이라고 보았으며, 그녀 스스로도 내 지적을 인정했다.

과거를 읽어 낸다고 했지만 대상의 모든 기억을 읽어 들이는 것도 아니었고, 때때론 얼마 전 지유진의 납치 사건을 막았을 때처럼 어떤 강렬한 의사가 본의 아니게 '흘러들어' 오기도 하는 모양이었다.

전예은은 내게 그런 자신의 특질을 설명하며 꽤 장황한 수사를 늘어놓았는데, 그건 아마도, 이를테면 물고기가 우리에게 아가미 호흡의 원리를 설명하는 감각, 맹인에게 코끼리를 설명하는 느낌일 것이라고, 나는 그렇게 생각했다.

모름지기 개개인의 세계관은 각자의 주관에 의해 결정되는 것이니, 전예은은 모두가 맹인인 사람들만 모인 행성에서 홀로 모든 것을 보면서 나름의 의태를 행하고 있는 것이리라.

어쨌거나 전예은이 곽성훈을 '읽을 수 없었다'는 건 나도 상정하지 못한 사태였다.

전예은은 그러며 내게 무척 송구스러워하는 모습을 내비

쳤지만, 스스로도 원리를 알지 못하는 힘이 상대에게 통하지 않는다는데 그걸로 왈가왈부하는 것 자체가 우스운 일이다.

'별수 없지. 곽성훈에 대한 경계를 강화하는 수밖에.'

그래서 전예은을 위로할 겸, 농담조로 '만약 곽성훈이 창업을 하게 되면 취업할 선택지가 늘어나겠다'고 말했더니 전예은은 정색했다.

「그럴 리 없잖아요. 그보단…….」

전예은은 주저하며 말을 이었다.

"그분에 대해선 사장님처럼 읽어 낼 수 없다는 것뿐이지, 그렇다고 해서 사장님을 처음 뵈었을 때 같은 기분을 느낀 것은 아니었어요."

그게 뭐가 다르다는 건지.

전예은은 그 느낌과 관련해 체계적인 설명을 해 보려다가 포기하곤 결국 비유를 택했다.

"말하자면 돌멩이 냄새 같다고 할까요?"

돌멩이 냄새?

예전에 그녀는 내게 자신의 능력을 설명하며 이를 후각에 비유한 바 있었지만, 솔직히 나에겐 그것이 어느 정도 불가항력인 느낌이란 것 외엔 그리 와닿는 비유는 아니었다.

전예은이 설명을 이어 갔다.

"보통은 돌멩이 냄새 같은 건 신경 써서 맡아 보려 하지 않잖아요? 또, 설령 무슨 기분이 들어서인지 맡는다고 하더라도 그게 돌멩이 자체의 냄새인지, 아니면 그 돌멩이가 놓인 주변 환경이 묻어난 것인지 분간하기도 쉽지 않고요."

"그럴지도 모르겠군요."

"네, 그런 것처럼 어떤 존재감은 느껴지지만, 그것이 그분의 것인지, 아니면 그분의 주위를 둘러싼 환경하의 것인지…… 그리고 그런 환경적 요소를 배제하고 냄새를 맡아도 그건 제가 파고들 수 없는 무언가가 외피를 단단히 둘러싸고 있는 것이란 느낌을 받았어요."

전예은의 애쓴 설명을 들어도 나는 코끼리를 묘사하는 정상인 앞의 맹인이 된 기분을 떨치기가 힘들었다.

"들어도 잘 모르겠군요."

전예은이 어깨를 움츠렸다.

"죄송해요. 설명을 잘 못 해서……. 저도 그런 분은 처음이어서 그런가 봐요."

"예은 씨가 제게 사과하실 일은 아니죠. 음, 그러면 저랑은 뭐가 다릅니까?"

내 말에 전예은은 고개를 갸웃했다.

"으음, 사장님은 많이 다른데…… 그래도 굳이 비교하자면 언젠가, 제가 사장님에 대해 설명하길 설원에 비유한 적이 있었죠?"

"그럼요. 기억하고 있습니다."

솔직히 그땐 들어도 뭔 소린지 모를 헛소리로 치부하고 싶었던 걸 꾹 참았지만.

전예은은 내가 그때를 기억하고 있다는 말에 희미한 미소를 지었다.

"사장님의 경우는 말 그대로 조용한 설원처럼 포근한 포용력이 느껴져요."

"……."

뭐라는 거야?

"음, 그러니까 다른 사람이 사장님에 대해 생각할 때도 사장님께선 그 인상마저 사장님의 존재감으로 덮어 가리거든요."

비유가 어렵기는 하지만, 해석하자면 전예은은 나를 읽어 낼 수 없을 뿐만 아니라 타인이 나에 대해 생각하는 것도 읽어 낼 수 없다는 의미로 들렸다.

내가 해석한 내용을 전예은에게 들려주었더니, 그녀는 쓴웃음을 지었다.

"꼭 같지는 않은데……. 그래도 딱히 틀리진 않았어요."

뭐 어쩌라는 건지.

왠지 닦달해서 들어 봐야 못 알아들을 게 뻔하단 생각만 했다.

"그러면 곽성훈 씨는요?"

"아, 네. 반면에 곽성훈 씨는 제가 알아낼 수 없는 어떤 단단한 감각 안에 싸여 있는 한편, 자신에 대한 타인의 평가를 스스로에게 덧씌울 수 있어요."

"……."

마찬가지로 잘 모르겠는걸.

'그러니까 누군가가 곽성훈에 대해 좋은 인상을 갖고 있다면, 곽성훈은 그 인상을 자신을 둘러싼 평가로 치환할 수 있다는 건가?'

스스로 생각하고도 역설과 모순으로 가득한, 심지어 오컬트적인 면모마저 느껴졌다.

'아니지, 그런 건 굳이 전예은의 초능력에 빗대지 않더라도 알 수 있을 것 같은 요소군.'

어느 인물을 생면부지의 누군가에게 소개할 때, 그 대상에 대한 첫인상은 소개한 당사자의 주관과 입장에 영향을 받는다.

말하자면 아무개 A를 소개하면서 '이 사람은 반사회적 행위로 감옥에 다녀왔다' 하고 소개한다면 우리는 그 즉시 상대에 대한 인상을 결정짓고 거리를 두기 마련이다.

하지만 여기서 A가 '실은 일제강점기 시절 독립운동을 하다가 감옥에 들어갔다'고 한다면?

'나라면 존중을 담아 악수를 청하겠지.'

이처럼 같은 '사실'일지라도 소개한 사람이 누구냐에 따라, 그리고 소개 받는 입장에 따라 A에 대한 인상도 달라지는 것이다.

다만, 전예은의 이야기를 들으며 나는 이 사고에는 어떤 '전제'가 있어야 한다고 생각했다.

'전예은의 말에 의하면, 곽성훈은 전예은처럼, 아니 그녀와는 또 다른 모종의 초능력자란 의미인가?'

내가 금방 생각한 바를 전했더니, 전예은은 눈을 동그랗게 떴다.

"저도 그런 식으로는 생각해 본 적 없는데…… 어쩌면 그럴지도 모르겠어요."

나 스스로도 대충 끼워 맞춘 궤변이라고 생각했더니 전예은은 의외로 긍정하는 반응을 보였다.

"음…… 저는 보류하고 있었지만, 일단 곽성훈 씨를 향한 김민혁 이사님의 평가는 호의적이고 긍정적이었어요. 그리고 로비에서 곽성훈 씨를 본 윤 실장님의 느낌은 김민혁 이사님과 비슷했고요. 거기에 실장님이 느끼신 바를 추가하자면 '이성으로서 매력적이다'는 느낌도……. 아, 그렇다고 윤 실장님이 곽성훈 씨에 대해 연모의 감정을 느꼈단 의미는 아니고요."

어째, 윤선희에 대해 필사적으로 변호하는 전예은의 모습이 좀 귀여웠다.

'윤선희는 내 재종형님과 결혼을 전제로 교제 중이니 말이야.'

곽성훈이 남들에게 쉽게 호감을 사는 미남이라는 건 사실이기도 하고.

'즉, 곽성훈은 타인으로 하여금 자신에 대한 평가를 의도해 낼 수 있다는 건가?'

다소 오컬트적으로 해석하기는 했지만, 어쨌건 잘생긴 놈이 남에게 좋은 인상을 받는단 의미였다.

'……하긴, 어제 행사장에서도 느꼈지만 곽성훈이 남에게 호감을 사고 쉬이 친해졌던 건 단순히 첫인상이 좋아서란 의미를 넘어선 느낌이 들었던 것 같기도 하군.'

그뿐만이 아니라 사교적인 태도며 화술도 가산점을 주기는 했겠지만.

아무리 그래도 초면의, 그것도 '내가 이런 자리에 있어도 되는지 모르겠다'고 생각하는 좌불안석인 인물에게까지 합석을 권하고 자리를 화기애애하게 만들 수 있기란 보통이 아니다.

'반면에…….'

그 어떤 위화감이랄지, 재채기를 참을 때처럼 모종의 간질간질한 감각이 목구멍 근처를 맴돌고 있을 때 전예은이 말을 이었다.

"그러니까 제가 드리고 싶은 말씀은, 제가 사장님을 떠나 그분께 갈 일은 없다는 거예요."

반농담조로 했던 말인데 다시 그런 말까지 끄집어 내는 걸 보니, 아까는 퍽 서운했던 모양이었다.

'이래서 애들은.'

나는 전예은을 달래 주며 속으로 생각했다.

'그런데, 만약 그런 거라면 혹시 나도 초능력자인 건가?'

허튼 생각이긴 했지만.

'……뭐, 한 번 죽고 다시 살아난 거 자체가 초능력, 혹은 기적의 범주에 넣을 수 있는 일이기는 하지.'

"무슨 생각을 그렇게 골똘히 하나?"

나는 양상춘의 말에 고개를 저었다.

"아뇨, 아무것도 아닙니다."

대강 둘러댔지만, 기다리는 시간이 지루했는지 양상춘은 눈빛으로 내 대답을 종용했다.

양상춘의 낙하산을 위해 일산출판사에 들렀더니, 담당 직원은 '잠시만 기다려 달라'는 말을 남기고 몇십 분째 돌아오지 않는 중이었다.

하는 수 없지.

둘러대 봐야 또 괜한 오해만 살지도 모르고.

"그냥 별거 아닌 잡생각이었어요."

"잡생각?"

"네. 만일⋯⋯."

어차피 들어도 무슨 이야기인지 짐작도 하지 못할 테니, 나는 곽성훈의 능력에 대한 어떤 가설을 양상춘에게 들려주었다.

"확실히 아무것도 아니군."

양상춘이 웃었다.

하지만 그 웃음에는 어린이를 향한 어른의 오만함은 전혀 깃들지 않은, 오히려 흥미로운 장난감을 찾아낸 것처럼 보이는 장난기마저 번뜩였다.

"그나저나 이거 참, 자네에게 소설가의 자질이 숨어 있는 줄은 몰랐는데. 여기가 출판사여서 그런가?"

"글쎄요."

"그래도 시간 때우기엔 나쁘지 않은 이야기군. 게다가 실제로도 첫인상이 평가의 7할을 차지한다는 연구도 있고, 단순히 의사 가운을 걸친 것만으로도 상대에 대한 선입견이 작용해 자발적으로 권위를 부여한단 실험도 있지."

"그런가요?"

"대표적으로는 밀그램의 '권위에 대한 복종' 실험을 예로

들 수 있겠군. 혹시 알고 있나?"

알고 있었지만, 지루함을 이기지 못하는 양상춘을 배려해 모른 척해 주었다.

"무슨 내용이죠?"

예상한 대로 양상춘은 눈을 반짝이며 스탠리 밀그램의 실험 내용을 장황하게 떠들어 댔다.

"……해서, 비윤리적인 실험이라는 비난을 들었을지언정 결국 보통 사람들은……."

거기까지 말한 양상춘은 아차 하더니 머리를 긁적였다.

"이야기가 다른 길로 샜군. 음, 이건 자네가 쓰려는 소설 내용이랑은 거리가 먼 내용이지."

내가 언제 소설을 쓴댔나?

"아무튼 간에 첫인상이 변하는 일 없이 상대의 인식에 영향을 끼치는 건 구태여 초능력이라고 할 건 아니라고 보네. 만일 그게 주인공이 가진 능력이라고 한다면 허점이 많은 능력이거든."

양상춘의 말을 대수롭지 않게 한 귀로 흘리던 나는 '허점이 많은 능력'이라는 대목에서 귀를 쫑긋했다.

"약점이 있나요?"

"음. 일단 첫인상이라고 했으니…… 주인공의 용모가 범상한 정도가 아닌, 험상궂거나 박색하다면 이는 약점이 될 수도 있으니 말일세."

에이, 나는 또 뭐라고.

"그러면 주인공이 누구에게나 호감을 살 법한 미남이라면 어떤가요?"

양상춘이 인상을 찌푸렸다.

"무척 시시한 소설이 되겠군. 전문용어는 아니지만, 그 바닥 용어로는 메리 수, 먼치킨 같은 거라고 하겠네."

그런가. 하긴, 그렇겠지.

'아마 이 세상이 소설 속이라면 주인공은 곽성훈 같은 놈이 될 거야.'

비범한 출생, 와신상담하며 종국엔 복수에 성공.

그 과정에 초능력의 힘을 빌린다는 게 조금 작가 편의적인 설정이긴 하지만.

양상춘이 턱을 긁적였다.

"하지만 만약 주인공의 대척점에 선 악역이 그런 주인공의 능력을 알고 있다면, 그만큼 그를 파멸에 이르게 하는 것도 쉽지. 그러니 전개의 긴장감을 위해서라면 주인공으로선 한동안 자신의 능력이 남에게 들키지 않도록 신경을 써야 할 걸세."

……응?

'……파멸에 이르게 하는 것이 쉽다?'

내가 양상춘에게 그게 뭔지 물어보려던 찰나.

"이야, 죄송합니다. 사장님께서 오신다는 걸 깜빡하고 말

왔네요."

너스레를 떨며 등장한 인물을 보는 즉시 머릿속이 싹 비었다.

'김철수?'

그는 얼마 전 내게 권총을 선물한 안기부 요원, (자칭)김철수였다.

이 상황에 김철수의 등장은 나도 예상하지 못한 일이었다.

'저 인간이 여기 왜······.'

아니 서류상 직장이니 여기 있어도 이상할 건 없지만, 설마하니 안기부 요원이 우리를 맞이하러 나올 줄은 몰랐다.

김철수는 능글맞은 웃음을 띠고 다가와 내 손을 덥석 잡았다.

"그래도 따로 연락을 하셨다면 마중을 나갔을 텐데 말입니다, 하하하."

나는 빙긋 웃으며 김철수의 말을 받았다.

"저도 그러려고 했는데 철수 씨 연락처를 못 받아서요."

김철수는 눈을 가늘게 뜨고 나를 보았다가 픽 웃으며 손을 놓곤 양상춘을 보았다.

"그런데 여기 계신 분은······."

분명 양상춘이 누군지 알고 있을 거면서 시치미를 떼는군.

사정을 모르는 양상춘은 정중하게 대답했다.

"양상춘이라고 합니다."

"아, 양상춘 씨. 반갑습니다. 저는 일산출판사 외부 3영업 팀장 김철수 책임이라고 합니다."

그게 김철수의 현재 서류상 신분인가 보다.

양상춘은 김철수가 내민 손을 물끄러미 쳐다보다가 마지못해 악수를 받았다.

"예, 반갑습니다, 김철수 씨."

양상춘도 상황이 묘하게 돌아간다는 생각은 하고 있을 것이다.

분명 우리는 사장을 찾았는데, 난데없이 김철수란 인물이 나와 우리를 맞이하고 있었으니까.

'그것도 나와 이미 구면인 모양이고.'

김철수는 그런 양상춘의 생각을 꿰뚫어 본 것처럼 너스레를 떨며 입을 뗐다.

"이야, 원래는 저희 사장님께서 직접 나오실 예정이었습니다만 갑자기 급한 볼일이 생기셔서요. 그래서 이성진 사장님과 구면인 제가 대신해서 나왔습니다."

흠, 그런 거였나.

대강 짐작이 갔다.

일산출판사 사장인 독고영은 직함만 사장일 뿐, 우리에게 인수 당했다는 불찰을 저지른 것으로 이젠 아예 뒷방으로 밀려난 모양이었다.

'동시에…… 표면적으로 드러낼 일은 없겠지만 일산출판사 쪽은 이미 안기부가 점령했다고도 볼 수 있겠군.'

독고영은 독고영대로 대백과사전 CD를 성공시켜 안기부의 영향력에서 벗어나 보려 한 모양이었지만, 저번 중국집에서 있었던 인수 회의 때 보였던 위축된 모습을 생각해 보면 '나는 이미 처음부터 곽철용 손바닥 위였다'고 겁에 질린 것은 아닐까.

'어디까지나 우연인데 말이야.'

뭐, 안기부에서도 내가 일산출판사를 인수하는 상황이 되게끔 방치한 까닭은 여기에 있겠지만.

'안기부도 내가 그들의 제안을 거절하지 못할 거라는 건 알고 있었겠지. 결과적으로는 일산출판사라는 돈줄 겸 흔들림 없는 위장 신분도 손에 넣었고.'

어쩌면 독고영 입장에서는 내가 처음부터 안기부와 손을 잡고 일산출판사를 손에 넣으려 했으리라 생각하고 있는 건지도 모르겠다.

이러나저러나 독고영이 바지사장인 건 변함없는 일이지만, 김철수가 이 자리에 나왔다는 건, 일산출판사를 통해 사업을 진행하려는 내게도 썩 좋은 소식은 아니었다.

'사실, 이건 곽철용이 내게 말했던 것이랑 상황이 조금 달라진 거 같은데.'

곽철용은 내게 '거래'를 제안하며 단지 독립된 부서 하나만을 넘겨 달라고 말했다.

그 소박한(?) 부탁과 달리 일산출판사가 안기부의 손아귀에 넘어간 것처럼 보이는 건, 곽철용이 내게 밝히지 않은 의도인 것일까, 아니면 내 착각에 불과한 것일까.

'착각이라면 좋겠지만.'

지금은 어쩌, 눈앞의 김철수란 인간이 곽철용의 뜻에 위배되는 월권 중인 건 아닐까 하는 생각마저 들었다.

김철수가 말했다.

"일단 앉아서 이야기를 해 볼까요?"

"그러시죠."

나이는 가장 어리지만 직책상으론 가장 높은 내가 자리에 엉덩이를 붙이자, 두 사람도 뒤따라 자리에 앉았다.

"그런데 들으니까."

김철수가 자리에 엉덩이를 붙이며 입을 뗐다.

"부서를 신설하신다고요."

빙빙 둘러 가며 쓸데없는 이야기를 늘어놓을 줄 알았더니 꽤 단도직입적이군.

"예, 그 부서는 여기 계신 양상춘 박사님께서 맡아 주실 겁니다."

"그러시군요."

고개를 끄덕인 김철수는 잠시 뜸을 들였다가 양상춘을 향해 빙긋 웃어 보였다.

"새 식구가 되신 걸 환영합니다."

뭐야, 이걸로 끝인가?

뭔가 기 싸움이 있으리라 예상했더니 의외로 시원시원하군.

양상춘도 그런 생각을 했는지, 떨떠름한 기색으로 김철수의 말을 받았다.

"……감사합니다."

김철수는 그런 우리에게 한 번 빙긋 웃어 준 뒤, 의자에 등을 기댔다.

"뭐, 제가 조금 앞서가기는 했습니다만, 윗선에서 이미 결론이 난 이야기일 테니까 말입니다."

그런 식으로 받아들이는 건가.

김철수가 몸을 살짝 앞으로 기울였다.

"그렇기는 해도 이건 새 식구가 되셨으니 다소 주제넘게 여쭙는 건데…… 무슨 부서입니까? 나름대로 영업팀장이라는 직함을 달고 있다 보니 미리 알아 두면 좋을 거 같아서요."

내가 대신 대답했다.

"온라인 판매 부서입니다."

"온라인……이라고요?"

"예. 앞으론 그쪽도 염두에 두어야 할 것 같아서 말입니다."

김철수가 턱을 긁적였다.

"흐음, 잘은 모르겠지만 본격적이시군요?"

오호, 기 싸움 시작인가.

김철수가 멋쩍게 웃으며 머리를 긁적였다.

"아, 죄송합니다. 저 같은 말단이 건방지게. 이성진 사장님과 사적으로 친하게 지내서 그런지 이 자리가 어떤 자리라는 걸 깜빡하고 말았습니다. 양해해 주십쇼."

친해? 이번이 두 번째로 보는 거면서.

그래도 나는 적당히 맞장구를 쳐 주었다.

"아뇨, 아뇨. 그럴 리가요. 저로서는 김철수 씨도 알아주셨으면 좋겠거든요. 영업팀이라고 하셨으니 직접적으로 엮일 일은 없겠지만 이제부터는 회사 조직 구도에 어느 정도 개편도 가해질 거 같아서요."

"그러시다니 다행입니다. 솔직히 저, 방금 사장님께서 온라인 어쩌고를 말씀하셨을 때 머리가 새하얗게 되어 버렸거든요, 하하하."

머리가 새하얗게 되었다는 말 일부는 사실일 것이다.

'김철수는 내가 일산출판사를 인수한 목적이 안기부와 손을 잡고자 함이었다고 생각한 모양이니까.'

그런 와중 내가 꽤 본격적으로 사업을 거론하니 당황했을 것이다.

김철수가 양상춘을 보았다.

"그런데 박사님께서는 온라인 판매 부서를 맡아 주신다고 하셨으니, 저희 회사에 대해 다방면으로 두루 잘 알고 계셔야 할 것 같군요."

"그렇습니다."

"으흠, 그러면 조금 이르기는 하지만…… 회사 안내를 해드려도 되겠습니까? 조그맣긴 하지만 오래된 회사다 보니 공부하실 게 좀 됩니다."

"좋죠. 부탁드리겠습니다."

"하하, 박사님께선 일에 대한 열정이 남다르시군요. 사장님이 눈여겨보실 만합니다."

너스레를 떤 김철수가 나를 보았다.

"그 일로 잠시 실례해도 되겠습니까?"

"아, 예."

"감사합니다. 아 참, 그리고 커피는 저쪽 코너를 돌면 탕비실에 비치되어 있으니 마음껏 드셔도 됩니다."

김철수가 응접실을 나가자마자 양상춘이 자리에서 일어섰다.

"커피?"

"아뇨, 저 커피 못 마시거든요."

"……엥? 자네는 로스트 빈의 오너이지 않나?"

"그렇기는 한데 커피는 몸에 안 받아서요."

"거참, 로스트 빈의 오너가 커피를 마실 줄 모른다니."

괜스레 구시렁거린 양상춘은 탕비실로 들어갔고, 얼마 지나지 않아 포트를 딸각하는 소리가 났다.

"그런데."

양상춘이 거기서 말을 이었다.

"김철수라고 했나, 그 사람이랑 친하다고?"

친하기는커녕 오늘로 두 번째 만남인 데다가 첫 번째 만남 때도 인상은 별로 좋지 않았지만.

"얼굴은 아는 사이예요."

"하긴, 보통은 연락처도 모르는 사이를 두고 친하다고 표현하진 않지."

양상춘은 그답게 김철수가 했던 말의 모순을 금세 찾아낸 모양이었다.

"다만."

딸각, 포트 올라가는 소리가 들리곤 쪼르르 물 따르는 소리에 이어서 양상춘이 제 몫의 믹스커피만 가지고 응접실로 돌아왔다.

"사장 대리로 이 자리에 오는 걸 보니 저 사람이 이 회사 실세인 모양이군. 이런 점은 자네 지인답다고 해야 할까."

양상춘도 내가 느낀 대로 생각한 모양이었다.

'뭐, 안기부니까.'

하지만 나는 그에게 김철수가 실은 어떤 인물이라는 걸 밝히지 않았다.

'어쩌면 여기에 도청기가 설치되어 있을지도 모르고.'

그게 아니더라도 양상춘에게 아직 안기부의 존재를 알리는 일은 시기상조라 생각했다.

'아니, 아예 평생 모르고 있어도 돼.'

그래서 나는 대강 둘러댔다.

"유능하긴 한 모양이거든요."

양상춘은 선 채로 커피를 후룩 한 모금 마셨다.

"그래? 나는 혹시 사장 아들인가 했지……. 아니지, 일산출판사 사장은 독고 씨이니 아들은 아니군. 혹시 숨겨 둔 자식?"

"하하, 그건 아니라고 봐요."

"그냥 해 본 말일세. 흠, 따지자면 나도 낙하산이니까 그에게서 어떻게든 동질감을 찾아보려 한 걸까."

자조적인 자기 평가를 제 입으로 읊은 양상춘은 커피를 한 모금 더 마셨다.

"그거랑 별개로 나랑 친해지기 쉬운 인물은 아닐 거 같군."

"그래요?"

"개인 성향이야. 솔직하지 못한 사람은 별로 안 좋아하거든."

그거, 나 들으라고 한 소린가?

'어차피 그딴 건 김철수도 기대하지 않을 거고……. 오히려 지금 이야기를 도청 중이면 속이 뜨끔하긴 하겠군.'

그나저나.

"그런데 박사님, 아까 전에 하시던 말씀을 못 들었는데요."

"응? 아, 그렇지. 자네가 쓴다는 소설 이야기 말인가?"

소설을 쓴다고 한 적은 없지만.

"네, 그거요. 악당이 주인공을 파멸로 이끄는 방법이 손쉽다고 하셨는데."

"그랬지."

커피를 한 모금 더 마신 양상춘은 짝다리를 짚고 서며 말을 이었다.

"자네는 상대의 첫인상을 결정짓는 요소에 뭐가 있다고 생각하나?"

"그야…… 일단은 용모죠. 그리고 그 사람의 복장도 영향을 끼칠 거고요."

"그래. 잘 기억하고 있군. 아까 자네에겐 스탠리 밀그램의 실험을 말했지. 그 외에 어느 연구에 의하면 경찰복 같은 정복 차림의 인물을 본 대상은 방금 본 상대라도 그 개별적 용모를 기억하기 힘들다는 내용도 있을 정도라네. 또, 단일민족국가인 한국에서는 통용되기 힘든 이야기지만 대상의 인종, 홍채 색깔, 피부색 또한 첫인상을 결정짓는 요소라고 할 수 있지."

거기까지 말한 양상춘은 커피를 한 모금 더 마시곤 빈 컵을 휴지통에 넣었다.

벌써 다 마셨나.

"인종 정도는 아니지만 출신 정도라면 단일민족으로 구성

된 경우가 많은 동북아시아 쪽에서도 통하는 이야기라네. 일본의 경우는 교토 출신은 겉과 속이 다르다든가 오사카 출신은 성격이 급하다든가 하는 이야기가 있겠고, 우리나라만 하더라도 각 지방 어느 시에서 온 인물인가에 따라 선입견을 갖곤 하지 않나. 거기엔 사투리에서 오는 이미지 또한 영향을 끼치겠지."

그 말에 나는 어깨를 으쓱였다.

"하지만 첫 인상이니까 그 전에 용모가 먼저 눈에 들어오지 않겠어요?"

입을 열었더니 깬다는 경우도 있고.

양상춘이 피식 웃었다.

"이거, 자네 소설의 시대 배경이 고대인 줄은 몰랐군. 그걸 먼저 말해 주지 그랬나."

"아뇨, 그런 건 아닌데요."

"그러면 내가 방금 전에 한 말에는 모순이 없네."

그제야 나는 양상춘이 하려는 말의 골자를 파악했다.

"아, 현대사회에서는 첫 인상이 '만남'으로만 결정되지 않는다는 거군요?"

"바로 그걸세. 자네 소설의 설정 속 초능력이 어느 범주로 설정된지는 모르겠지만…… 요즘 시대엔 누군가와 만나기 전 '통화'를 하는 경우도 왕왕 있지 않나? 그처럼 현대 사회에 이르러서 어느 대상에 품는 첫인상이란 '만남'을 전제로 삼지 않아도 되는 것일세. 음, 혹시 주인공이 목소리마저 미성이라는 설정은 아니겠지?"

"굳이 따지자면 미성이에요."

"……."

아니, 소설이 아니라 사실이 그런 걸 어떡하라고.

'곽성훈은 목소리마저 잘생겼으니까.'

양상춘이 턱을 긁적였다.

"어쨌건 말이지만, 현대 사회에 이르러서는 굳이 '만남'을 전제로 삼지 않아도 되는 것이지. 그게 아니더라도 누군가에게 주인공을 소개한 인물이 '그는 이러이러한 사람이다' 하고 소개를 한다면 그 또한 '첫 인상'이라고 할 수 있지 않겠나? 마찬가지로, 내가 악당이라고 하면 주인공에 대해 악의적인 소문을 퍼뜨릴 것일세. 만일 그 악당이 언론 종사자이거나 그쪽에 연이 닿아 있다면 그건 더더욱 손쉬운 일이 되겠군."

과연.

양상춘이 지적한 요소는 나도 전예은과 이야기하며 생각했던 것이었는데, 그 점을 미처 떠올리지 못하고 있었다.

'악의적인 소문을 의도적으로 퍼뜨린다.'

그거라면 자신 있지.

'……물론 그것도 어디까지나 곽성훈이 내 적으로 거듭나게 될 경우의 이야기지만.'

그때, 달각하고 응접실 문이 열렸다.

"실례했습니다. 오래 기다리셨죠."

오래 기다리기는커녕, 금방 다녀온다더니 실제로 금방 다녀온 김철수였다.

"그럼 현정 씨, 여기 계신 양상춘 박사님께 회사 안내를 부탁드리겠습니다."

김철수의 말에 그가 데리고 온 여직원은 꾸벅, 사무적으로 고개를 숙였다.

"예. 오시겠습니까."

"예. 그럼 실례하겠습니다."

저 여자도 안기부 요원이려나.

그런 생각을 하는 사이 양상춘은 여자와 함께 응접실을 나섰고, 김철수는 자연스럽게 내 맞은편에 앉았다.

"정말, 이게 뭡니까."

김철수는 단둘이 남자마자 내게 볼멘소리부터 뱉었다.

"뭐가요?"

나는 보란 듯 시치미를 뗐고, 김철수는 내가 알아듣기 힘든 소리로 무어라 구시렁거리며 안주머니에서 담뱃갑을 꺼내더니 담배를 입에 물었다.

"한 대 드립니까?"

이 사람이 뭐래.

"……안 피웁니다."

"그러시군요."

김철수는 칙, 하고 라이터로 담뱃불을 붙인 뒤 후우, 연기를 내뿜으며 의자에 등을 기댔다.

"조금 솔직하게 말해도 됩니까?"

"말씀하세요."

아무리 실내 흡연을 별로 문제 삼지 않는 시대라지만 초등학생 앞에서 대놓고 담배를 태우다니, 이는 그 나름의 행동 언어일 것이다.

김철수는 눈 하나 깜짝하지 않는 나를 보면서 얼굴에 웃음기를 거둬 들였다.

"솔직히 말하면 저는 지금 이 자리가 꽤 불편합니다."

"……."

왜, 아주 편해 보이는구먼.

김철수가 말을 이었다.

"뭐, 저도 낙하산 한둘쯤 꽂는 건 그러려니 합니다. 사장님 정도 되는 위치라면 충분히 그럴 수 있죠. 하지만 이건 좀 아니지 않습니까. 하물며 양상춘이라니요."

"역시 알고 계셨네요."

김철수가 피식 웃었다.

"예, 이러니저러니 회사에서도 예의 주시하고 있던 사람이어서 말입니다. 아무래도 양상춘 박사 정도의 특화 전문가는 국가 입장에서도 귀중한 인재이고…… 그래서 얼마 전에 사표를 던지고 국과수를 나왔다는 소식을 들었을 땐 저희도 꽤 놀랐죠."

김철수는 담배를 한 모금 더 태우며 남은 한 손으로 재떨이를 끌어와 자신 앞에 놓았다.

"그런 분이 이성진 사장님을 통해 일산출판사에 낙하산으로 들어오시리라곤 더더욱 예상하지 못했습니다."

김철수가 재떨이에 담뱃재를 툭툭 털어 내며 말을 이었다.

"그나저나 용케도 친해지셨군요. 들리는 말로는 친해지기 어렵다던데."

"말 그대로 어쩌다 보니 그렇게 됐습니다."

"……우연히 친해졌다? 저더러 그 말을 믿으라는 겁니까?"

나는 어깨를 으쓱였다.

"상황이 증명하고 있잖아요?"

"……하하, 참 나."

김철수가 건조한 웃음을 터뜨렸다.

"뭐, 좋습니다."

그는 뒤이어 싸늘한 눈으로 나를 보았다.

"하지만 온라인 판매? 왠지 그럴듯한 최신 기술이 접목된 아이템 아무거나 말씀하신 거라는 생각이 드는데 그건 제 착각이겠죠?"

아는 것만 보인다더니, 아무래도 김철수는 내가 양상춘을 일산출판사에 꽂아 넣은 것이 안기부를 견제하거나 감시하기 위한 목적이라고 생각하는 모양이었다.

'안기부도 전지전능하지는 않군.'

이렇게 되니 오히려 인간미마저 느껴졌다.

"미국에는 아마존이라는 회사가 있죠."

"응?"

내 말에 김철수가 눈썹을 실룩였다.

"갑자기 무슨 말씀이십니까?"

"미국에는 이미 온라인 판매로 선례를 남기고 그 실적을 거두고 있는 회사가 존재하고 있다는 겁니다. 출판사에서 근무하신다면 그 정도는 알고 계실 거라고 생각했는데요."

내 말에 김철수는 몸을 살짝 앞으로 기울였다.

"설마, 진심이셨습니까?"

"그럼요. 저는 처음부터 그걸 염두에 두고 일산출판사를 인수합병 한 건데요."

"……."

그는 한동안 가만히 있다가 고개를 저었다.

"이거 참, 실례했습니다. 저는 순전히 사장님께서 다른 생각을 하고 계신 건 아닌가 하고 생각했지 뭡니까."

"다른 생각이라뇨?"

"그 왜, 있잖습니까. 굳이 제 입으로 말하지 않아도 될 법한."

"잘 모르겠는데요."

내 말에 김철수는 안면 근육을 희미하게 움찔거렸지만, 나는 딱히 그를 도발하고자(조금은 그런 것도 있지만) 시치미를 뗀 것이 아니었다.

"그쪽 일로는 몇 가지 짐작 가는 게 있어서요."

김철수가 눈썹을 씰룩였다.

"몇 가지씩이나 됩니까?"

"네. 그중에 하나만 말씀드리자면 혹시 김철수 씨가 어르신께서 제게 약조하신 조건 이상의 권한을 남용하는 걸 말씀하시는 건가 해서요."

"남용이라니."

찰나였지만 김철수가 얼굴에 쓰고 있던 가면에 균열이 갔다.

"그건 무슨 말입니까?"

"곽……."

곽철용의 이름을 언급하려 했더니 그에게서 나름 잔뼈가 굵은 나조차도 움찔할 만한 살기가 나온 것 같아서 나는 표현을 정정했다.

"……어르신께서 제게 말씀하신 조건은 일산출판사 내에 독립된 부서 하나만 만들어 주면 된다고 하셨거든요."

"……."

"그리고 이런 말씀도 하셨죠. '그 부서는 회사 경영에 아무런 터치도 하지 않을 거고, 월급을 인상해 달란 말도, 노조를 결성할 일도 없다. 아예 사무실이 없어도 무방하며 그저 내가 서류로 보낸 사람 몇 명만 자리에 앉혀 두면 그만이다' 하고요."

나는 재차 말을 이었다.

"그런데 막상 오늘 와 보니 김철수 씨 측에서 제가 생각한 것 이상의 영향력을 회사에 행사하고 계신 것 같아서 말입니다."

"……."

김철수는 묵묵히 담배를 한 모금 더 태운 뒤, 아직 길이가 꽤 남아 있는 담배를 그대로 재떨이에 비벼 껐다.

"그건 오해입니다."

그는 (내가 호락호락하지 않다는 걸 깨달은 건 아닐 테니) 상사인 곽철용이 내 뒤를 봐주고 있다는 걸 자각한 건지, 아까 전과 달리 태도가 퍽 정중해졌다.

"실제로 독고영 사장을 제외한 타 부서에서는 저희의 존재감을 알지 못할 정도이고, 오늘 제가 이성진 사장님 앞에 나온 건 이번 일이 예외 사항이라 자의적으로 판단했기 때문이었습니다."

김철수의 말을 들으며 나는 그의 언뜻 경박해 보이는 태도마저 의도적으로 만든 것이고, 지금의 진지한 모습이야말로 그의 본모습에 가까운 면모일 거라고 생각했다.

'거짓말을 하는 것 같지도 않고.'

나는 고개를 끄덕였다.

"그렇다면 다행이고요. 아까 말씀드렸듯 김철수 씨 측과 협력 중인 것과 별개로 저는 경영에도 진심이거든요."

"지금은 저도 이해했습니다."

김철수가 잠시 뜸을 들였다가 물었다.

"실례가 안 된다면 생각하신 '몇 가지' 내용을 들어 볼 수 있겠습니까?"

그나저나―이번이 두 번째 만남이기는 하지만―이 사람이 이렇게 정중하고 진지하게 나오니까 영 적응이 안 되네.

"어차피 오늘 여기 온 것은 그 문제를 논의하고자 한 것도 있으니 상관은 없습니다만, 이왕이면 책임자 선에서 이야기를 했으면 해서요."

김철수가 쓴웃음을 지었다.

"대부분은 제가 책임지고 있습니다. 최소한 이성진 사장님과 관계된 일은요."

곽철용을 부를 것까지도 없다는 건가.

하지만 나로서는 김철수를 신뢰해도 좋다는 근거가 전무했기 때문에 가능하면 곽철용 선에서 일을 진행하고 싶었다.

그런 내 생각을 읽어 내기라도 했는지 김철수가 말을 이었다.

"회사 내에서도 '어르신'은 직접 나서시지 않는 위치이십니다. 그러니 사장님께서는 제가 하는 일이 곧 어르신의 의사라고 생각해 주시면 감사하겠습니다."

꽤 중의적인 표현이군.

'……그러면 나한테 권총을 선물한 것도 곽철용의 뜻이었나?'

물어보고 싶었지만, 관뒀다.

'게다가 김철수 본인은 자신이 곽철용의 유일한 대리인이라고 생각하는 모양이지만…… 내가 보기에 곽철용에게는 김철수 같은 인간이 몇 명쯤 되는 거 같거든.'

그래도 김철수가 곽철용이 수족처럼 부리는 사람 중 하나인 것은 분명해 보였다.

아마, 내 주위의 신변 관리 쪽 일도 김철수가 전담하고 있을 것이고.

"그래도 저는 이 일을 꽤 중차대한 성질의 것이라고 생각해서, 이왕이면 어르신을 뵙고 말씀을 드렸으면 좋겠는데요."

"……."

조금 에둘러 말하기는 했지만, 사실상 '나는 당신을 신뢰하지 않는다'는 선포였다.

'그럼 어떻게 나오시려나.'

김철수는 나를 물끄러미 바라보다가 핸드폰을 꺼내 탁자에 놓았다.

삼광전자의 시그니처 핸드폰 클램이었다.

그걸 보면서 나는 '안기부도 믿고 쓰는 핸드폰, 클램' 하고 마케팅을 진행해 보면 어떨까, 하고 생각했다.

"주소록 1번에 등록된 이름으로 전화를 거시면 됩니다."

"고맙습니다."

김철수는 자리를 비켜 주겠다는 듯 무표정한 얼굴로 일어섰다가, 아까 전까지 쓰고 있던 가면을 다시 뒤집어썼다.

"이 방에 도청기는 없으니 안심하셔도 됩니다."

어떻게 알았대.

뭐, 없다고 하니 다행이지만.

김철수가 응접실을 나가자마자 나는 핸드폰을 집어 들고 주소록을 뒤져 전화를 걸었다.

몇 차례 신호가 가고 상대가 전화를 받았다.

─뭐냐.

상투적인 '여보세요'로 시작되지 않는, 다짜고짜 반말.

이 시대에 발신자번호표시는 상용화되지 않았으니, 곽철용은 김철수와 직통으로 이어지는 전용 전화기를 갖추고 있는 모양이었다.

의외로 그는 곽철용의 심복인 걸까.

"안녕하세요, 어르신. 이성진입니다.

전화기 너머 곽철용은 잠시 뜸을 들였다가 내 말을 받았다.

─회사에 있는 모양이구나.

보고 있지 않아도 왠지, 그가 입꼬리를 비틀어 올린 미소를 짓고 있는 것 같았다.

"예, 그간 별고는 없으…….."

─됐다. 무슨 용건이냐.

곽철용은 인사치레는 필요 없다는 양 내 말을 끊었고, 나는 어깨를 으쓱이며 대답했다.

"저, 다름이 아니라…… 몇 가지 제안을 드리고 싶어서요."

─흠.

곽철용이 말을 이었다.

─내게 전화를 건 것을 보니 내 부하가 네 신뢰를 사지 못한 모양이군.

"그렇다기보다는……."

─뺄 것 없다. 녀석이 너와 상성이 좋지 않다는 것 정도는 예상했으니까.

알면 다른 사람을 붙여 주지 그랬나.

아무래도 안기부에 인력난이 심각한 모양이었다.

'농담이 아니라, 이맘때엔 실제로 그럴걸.'

곽철용의 목소리가 이어졌다.

─그래도 나 또한 녀석에게 딱히 '친하게 지내라'고 명령하지는 않았으니, 너도 그쯤 해 두어라. 어차피 너도 그게 더 편하지 않느냐?

꽤 촌철살인을 하시는군.

어쨌거나 즉, 김철수를 믿어도 된다는 건가.

─네 눈에 차지는 않겠지만 그래 보여도 내가 부리는 애들 중에선 꽤 유능한 편이다. 나도 녀석을 내 밑으로 빼 오려고 꽤 신경을 썼거든.

뭐랄까, 김철수가 그렇다고 하니 나로서는 안기부 인사관리에 전예은을 빌려주고 싶은 기분인데.

그래도 마지못해 하는 수 없이 김철수를 중용하고 있는 게 아니라는 정도는 알았다.

"그러면 앞으론 김철수 씨와 상담을 하면 되나요?"

─뭐, 정 안 되겠다 싶으면 내가 직접 나서야겠지만, 여간해선 그럴 일이 없을 거다.

왠지 조만간 곽철용의 얼굴을 볼 거 같단 기분이 드는데, 착각이겠지?

뭐, 별수 없군.

"알겠습니다. 그러면 분부대로 하겠습니다."

─분부까지야. 피차 상호적인 관계인 것을.

냉정하네.

'이런 점은 이휘철의 친구답다고 해야 하나.'

그러고 내가 적당한 말을 덧붙여 가며 전화를 끊으려는데 곽철용이 먼저 뚝, 전화를 끊었다.

'자상한 할아버지 친구 연기는 관둔 모양이군.'

나야 뭐 아무래도 좋지만.

나는 핸드폰을 탁자에 놓고 목소리를 높였다.

"끝마쳤습니다."

말하자마자 달각, 문이 열렸다.

김철수는 탁자 위를 보며 고개를 끄덕이곤 핸드폰을 주워 펼치더니.

뚝.

무심하게 핸드폰을 역방향으로 분질러 꺾어 부수곤 그 잔해를 주머니에 찔러 넣었다.

'곽철용도 통화를 마치자마자 저랬겠군.'

그걸 보며 나는 자금난에 허덕이는 조직이 이래도 되나 싶었다.

'나중에 트렁크에서 핸드폰 몇 개쯤…… 아, 강이찬이랑 함께 떠나갔지.'

쓸데없는 일로 핸드폰을 부수게 만든 게 괜히 미안해진 나는 김철수에게 미소 띤 얼굴을 보였다.

"앉으시죠."

조금 삐진 거 같긴 하지만, 김철수는 군말 없이 내 맞은편에 앉았다.

"……이제 계속 이야기를 하실 생각이 드셨습니까?"

뒤끝하곤.

나는 속으로 구시렁거리며 고개를 끄덕였다.

"예."

그렇기는 해도, 나는 김철수가 이 일을 감당할 수 있는 위치인지 궁금하기는 했다.

'어차피 서로 친해질 생각도, 그럴 기미도 없으니까 단도직입적으로 들어가 볼까.'

나는 자세와 어조를 고쳐 입을 뗐다.

"단도직입적으로 여쭙겠습니다."

"예."

"혹시 조설훈의 죽음에 안기부가 관여하고 있습니까?"

그것 보라지.

내 말에 김철수의 안면 근육이 희미하게 꿈틀거리는 걸 나는 놓치지 않았다.

그리고…….

"예."

뒤이은 김철수의 시원시원한 대답에는 나도 놀랐다.

물론 그다음 이어진 말에 놀란 만큼은 아니지만.

"제가 했습니다."

……으음.

이거, 생각보다 무서운 사람이었네.

조설훈 살해의 진범, 양상춘과 대화에서 줄곧 오르내리던 '유령'이 눈앞에 있었다.

생각해 보면, 안기부 측에서 조설훈을 살해하는 동기는 차치하더라도 그들에겐 그럴 만한 능력만큼은 충분했다.

안기부엔 현장에 있었던 석동출 형사로 하여금 입을 다물게 하는 힘이 있었고, 경찰로 하여금 더 이상 수사를 진행할 의지가 없도록 하는 것도 가능했다.

'……다만, 어째서 내게 그걸 밝힌 거지?'

나는 김철수의 고백을 들으며 어떻게 대처해야 할지 몰라 당황했고, 그는 그런 내 빈틈을 기다려 주지 않았다.

"왠지 사장님의 반응을 보니 전혀 몰랐다는 느낌이 드는군요."

그야, 내가 안기부를 용의선상에 두고 있었던 건 어디까지나 추측의 영역이지, 확신하고 있었던 건 아니었으니까.

'하물며 눈앞에 장본인이 있을 줄은.'

일단 나는 허세를 부렸다.

"아뇨, 짐작은 하고 있었습니다. 그래도 행위 당사자인 김철수 씨가 여기서 제게 순순히 실토하실 줄은 몰랐거든요."

"하하, 행위 당사자라……."

김철수는 메마른 웃음을 터뜨렸다.

"표현이야 어찌 되었든 간에 조설훈을 살해한 것은 저였습니다. 자, 그럼."

그가 앉은 자세를 고치며 말을 이었다.

"돌아가는 즉시 저를 고발하실 겁니까?"

"……."

그럴 리가.

설령 내가 알량한 정의감을 발휘해 김철수를 고발한다고 한들, 나에겐 이득 볼 내용이 없다.

김철수 또한 그걸 잘 알고 있기에 내 앞에서 자신이 조설훈을 살해한 진범임을 밝힌 것이리라.

'영악하군.'

동시에 안기부에서도 나를 해코지하기는 힘들 것이다.

내가 평범한 초등학생이면 모를까, 내 뒷배엔 이휘철이 있다.

안기부 입장에 나를 잘못 건들면 어떤 파국이 시작될지 모를 리 없는 것이다.

내가 안기부를 의심하고 있다는 것과 그 진실을 깨달아 봐야 서로에겐 이미 상호확증파괴의 역설적 신뢰 관계가 구축되어 있었다.

"그럴 리가요."

나는 허세를 이어 갔다.

"단지 앞으로 할 일에 약간의 확신이 필요했을 뿐입니다."

"……앞으로 할 일?"

"조광과 합자회사를 차려 그 회사를 키워 가는 것이죠."

이번엔 김철수의 표정이 움찔했다.

"조광과 합자회사……. 그건 어제 금일 그룹 행사장에 조세화와 동행한 것과 무관하지 않은 일입니까?"

이 부분은 안기부답다고 할까, 그들은 당연하다는 듯 해당 정보를 손에 쥐고 있었다.

"그렇습니다. 어쩌다 보니 일이 조금 복잡해지기는 했습니다만, 그 일은 처음부터 염두에 두고 있었죠."

내 은근한 힐난에도 김철수는 눈 하나 깜빡하지 않았다.

"과연. 사장님께서 요 몇 달간 조세화와 가까이 지내는 까닭은 거기에 있었군요."

김철수 역시 그럴듯한 말로 받아치는 걸 보니, 그도 자신이 진범이라는 고백이 마이너스적인 요소가 아님을 어필하는 듯했다.

"그렇다고 해서 이 합자회사 설립이 조설훈 씨의 죽음을 염두에 두고 세운 계획은 아니었습니다. 저는 어디까지나 그 상황에 조설훈 씨의 신뢰를 사고 있기만 하면 그뿐이었거든요."

"조설훈의 신뢰라…… 하하하."

김철수는 그 말에 뭐가 우스운지, 웃음을 터뜨렸다.

뭐가 웃기다는 건지.

"아, 죄송합니다. 그 말에는 웃지 않고 참기 힘들어서요."

"……."

김철수가 빙긋 웃는 얼굴로 말을 이었다.

"사장님께서 조설훈의 신뢰 운운하셨으니 드리는 말씀입니다만, 조설훈의 다음 표적은 이성진 사장님이었거든요."

"……예?"

그 말에는 나도 놀랐다.

조설훈의 다음 표적이 나였다고?

"예, 우리 회사에서는 꽤 오래 전부터 조설훈을 감시하고 있었습니다. 그리고 감시 중에 그가 이성진 사장님이 이 모든 일의 배후에 있었다는 의심을 하고 있었다는 걸 알게 되었죠."

"……."

거짓말을 하는 것 같지는 않았다.

생각해 보면 안기부가 그 상황에 개입하려면 조설훈이 조지훈에게 약을 먹여 그를 으슥한 장소로 옮길 때부터 그 행선지를 알고 있어야 할 터이니, '꽤 오래 전부터' 조설훈을 감시하고 있었다는 그 말은 사실일 터이다.

'결국 나나 조설훈이나 안기부 손바닥 위에서 놀아나고 있었군.'

김철수가 말을 이었다.

"저희도 그 계획을 알았을 때는 조금 때가 늦고 말았습니다. 이 부분은 저희 불찰이죠. 현장에서 조설훈을 즉결 처분한 것엔 제 자의적 판단도 있었습니다만, 당시로선 그것이 최선이라고 생각했습니다."

김철수가 말하는 '당시로서는 최선'이었다는 말이 내게는 그 순간만이 조설훈을 제거할 절호의 기회였다는 의미로 들렸다.

"……그러면 조설훈을 제거한 건, 저를 지키기 위해서였단 겁니까?"

"그렇게 받아들이시고 싶으시다면."

"……."

말투는 제법 정중했지만, 속뜻은 '자의식 과잉도 유분수로군'하는 비웃음마저 느껴졌다.

'즉, 안기부 입장에서는 나와 조설훈을 두고 저울질을 해 보았단 거지.'

조설훈은 계획한 바를 심사숙고하는 대신, 생각한 내용을 곧장 실천에 옮기는 유형의 인물이다.

그가 동생인 조지훈을 죽이고자 한 것도 계획을 수립한 직후였을 터이니, 김철수의 말대로 그가 나를 제거하려고 했다면 그 계획을 실행에 옮기는 일에는 별반 시간이 걸리지 않았을 것이다.

한편 안기부 입장에 해당 정보가 들어왔을 때, 그들이 택하는 방법은 방관, 혹은 개입이다.

만약 안기부에서 조설훈이 나를 어찌하려는 걸 방관했을 경우, 그 계획의 성공과 실패 여부를 떠나 조설훈이 그러한 일을 시도했다는 것만으로도 대한민국 재계엔 세계사에서도 전무후무할 덮기 힘든 스캔들이 퍼질 것이다.

'게다가 이휘철 성격에 그걸 가만 내버려 둘 리도 없으니.'

조설훈도 그 일의 파장이 어떨 거라는 것쯤은 알고 있겠지만, 그는 냉정해 보이는 겉모습과 달리 뒤를 생각하지 않는 충동적 면모도 다분했다.

그는 자신의 자존심을 위해서라면 다른 누군가와 전면전도 불사할 비합리성도 갖고 있는 것이다.

그런 이유로, 안기부로서는 조설훈을 죽여 없애서라도 '좀 더 유용한' 나를 살려 두는 방안을 택한 것이리라.

그래서일까, 내 앞에서 죄를 고백한 김철수에게선 줄곧 참회자의 그것보단 나를 뒤치다꺼리하느라 생고생했다는 힐난마저 느껴졌다.

'……어쨌거나 나로선 그들이 사전에 조설훈을 제거해 준 것에 감사를 표해야겠군.'

그 일엔 딱히 내가 사랑스러워서 이쪽을 우선시한 것도 아니니, 나도 대놓고 표현하긴 뭣한 일이지만.

김철수는 내 표정을 보며 이해한다는 듯 어깨를 으쓱였다.

"그건 그렇고."

김철수가 입을 뗐다.

"사장님께서 양상춘 박사와 협력 중이신 건 조설훈의 죽음과 무관하지 않은 것으로 보입니다만, 어떻습니까?"

그는 어떻게 보든 별다른 접점이 없어 보이는 양상춘과 내가 가까이 지내고 있는 것에 나름 합리적인 추론을 내놓았다.

"그런 셈이죠."

나는 솔직하게 시인했다.

"사실은 양상춘 박사는 당초, 조설훈 씨를 살해한 배후로 저를 지목하고 있었던 모양이거든요."

"호오."

김철수가 웃었다.

"그건 그 일로 가장 이득을 본 인물이 사장님이어서 그런 건가요?"

다 꿰뚫어 보고 있었군.

"예, 양상춘 씨는 그 일로 조세화를 설득하는 데 성공했고, 얼마 전에는 둘이서 함께 저를 추궁했거든요. 다행히 그 오해는 풀었습니다만……."

김철수는 고개를 끄덕였다.

"사장님께서 저에게 '조설훈의 죽음에 안기부가 개입해 있는가'를 물은 건 그 연장선의 일이겠군요."

"그렇습니다. 저에 대한 조세화와 양상춘 씨의 오해는 풀었지만, 이제 저도 더 이상 이번 일을 모른 척하기 힘들어졌거든요."

"말씀을 들으니 굳이 따로 어르신을 뵙고자 하신 이유는 알 것 같습니다."

이제야 눈치챈 것이지만, 지금 김철수와 나 사이엔 모종의 공범 의식에 가까운 신뢰 관계가 형성되어 있었다.

'뭐, 그 부분을 서로가 인지하고 있으면서도 입 밖에 내지 않는 건, 그도 개인적으로는 나를 마음에 들어 하지 않는단 의미겠지만.'

김철수가 말을 이었다.

"그보단 사장님께서 조설훈이 죽은 사건의 배후에 안기부가 있다는 결론에 도달하신 연유가 궁금하군요. 저도 당시엔 현장 판단으로 급하게 처리했다곤 하지만 별로 빈틈은 없었다고 생각했는데 말입니다."

김철수는 조설훈을 제거한 자신의 방식에 자부심을 느끼는 모양이었다.

실제로 그가 조설훈을 제거하고 입막음을 한 자체는 완전범죄에 가까운 행위였다.

하지만 어디까지나 '그에 가깝다'는 것이지, 결국 완전범죄에는 도달하지는 못했다.

나는 의식적으로 손목시계를 힐끗 쳐다보았다.

"말씀드리면 제법 길어질 것 같은데요."

"염려하실 것 없습니다. 최소 30분은 안내할 예정이니까요."

그렇다면야.

나는 그에게 내가 들었던 '진범이 따로 있을 것'이라 추리한 양상춘의 추론 과정에 대해 말했다.

잠자코 내 말을 들은 김철수가 고개를 끄덕였다.

"'유령'이라……."

김철수가 말을 이었다.

"그렇게 표현하는 걸 보니, 제가 직접적으로 꼬리를 밟힌 것은 아닌 모양입니다."

"하지만 현장에 제삼자가 있었다는 결론에는 도달했죠. 애당초 계획하셨던 '공멸'이라는 결론에서 빗겨 간 형태로요."

김철수가 턱을 긁적였다.

"그러게요. 그렇게 안 봤는데, 양상춘 박사는 꽤 낭만을 좇는 분이셨군요. 그가 사건의 연속성에 집중하지 않고 각각이 개별로 존재한다는 식으로 생각해 주었더라면 유령의 존재가 탄로 날 걱정은 없었을 텐데 말입니다."

'유령'을 스스로 입에 담는 것으로 보아, 그는 자신에게 붙은 임시 호칭을 썩 마음에 들어 하는 눈치였다.

하지만 결과적으론 진실을 향한 양상춘의 편집증적인 태도로 인해 현 성과에 이르렀다고도 할 수 있으니, 완전범죄 문턱에서 멈춰 선 김철수의 아쉬움은 이미 지나가고 만 일을 곱씹는 헛된 바람에 불과했다.

"어쨌건 사장님께선 지금 기로에 서 계시겠군요. 저를 제물로 바쳐 조세화의 신뢰를 살지, 아니면 이 일에 침묵해 영구 미제로 남겨 둘 것인지 말입니다."

전자는 김철수도 내가 그럴 리 없다는 걸 알고 있으니 불쾌한 농담으로 치부해도 될 일이지만, 그렇다고 해서 후자를 택하기도 어렵다.

"아뇨, 제 생각에 영구 미제로 남겨 두는 건 어려울 것으로 보입니다."

"어째서죠? '실은 안기부가 민간인을 살해했다.'라는 결론에 다다르는 건 지적 능력이 현저히 떨어지는 음모론자들이나 도달할 결론이 아닙니까?"

꽤 신랄하군.

나는 어깨를 으쓱였다.

"이건 오늘 제가 어르신을 찾은 것과 무관하지 않은 겁니다만…… '우연히' 알게 된 내용이 있어서요."

"뭡니까?"

나는 어조를 고쳐 대답했다.

"어르신께서는 김보성 검사와 접촉하신 적이 있더군요."

"……."

"그러니 모르긴 몰라도 부친의 원수를 찾고자 하는 조세화가 '이 일을 안기부가 주목하고 있었다.'라는 결론에 도달하는 것도 불가능한 일은 아니리라 봅니다."

김철수가 쯧, 하고 혀를 찼다.

"입이 무거운 사람이라고 생각했는데."

그 중얼거림에서 살의를 느낀 나는 얼른 덧붙였다.

"말씀드렸잖아요. 저도 '우연히' 알게 되었다고. 그러니까 김보성 검사님도 그 일을 아무에게나 떠들고 다니지는 않을 겁니다."

"……압니다. 아무리 그래도 섣불리 검찰을 건드리진 않아요."

그렇다.

'의문의 죽음'도 한두 번이지, 조설훈을 살해한 방식처럼 누군가의 입을 영구 봉인하는 것은 이제 어렵다.

'최소한의 상식은 있어서 다행이군.'

뭐, 안기부가 무슨 도살자 집단인 건 아니니까.

김철수가 의자에 등을 파묻었다.

"그러면 이제 이성진 사장님이 어르신을 뵙고자 한 목적을 말씀하실 차례군요. 사장님께서는 이 상황에 저희가 어떻게 해 드렸으면 합니까?"

그가 내게 생리적으로 비호감인 건 둘째 치고, 말은 잘 통한다.

"거래를 해 보시겠습니까?"

"……거래?"

"예."

나는 고개를 끄덕였다.

"이번 기회에 저희가 진범을 만들어 보죠."

내 말에 김철수가 미소를 지었다.

"다른 건 몰라도 사장님의 그 사업가적 태도는 마음에 드는군요."

굳이 '다른 건 몰라도'라는 표현을 덧붙인 것으로 보아, 그도 나라는 개인을 마음에 들어 하는 건 아닌 모양이지만.

'피차 알 바는 아니지.'

범인을 만든다.

이는 일산출판사에 오기 전부터 생각하던 내용이었다.

만일 조설훈 살해의 원흉이 내 선에서도 손대기 힘든 거물급이라면—머릿속에 안기부 외에도 후보는 여럿 있었지만 내겐 어느 하나 만만하지 않았다—이는 조세화와의 의리를 위해서라도 어떤 제스처든 취해야 하는 내 입장상 손 떼고 한 걸음 뒤로 물러서 있기는 어려운 일인 것이다.

조세화의 성격상 그녀는 언제고 범인을 찾아내려 애쓸 것임이 분명했고, 자칫 조세화가 범인의 역습이라도 당해 버린다면 그야말로 죽 쒀서 개 주는 꼴이 되고 만다.

그래서 나는 당초 곽철용에게 이 일을 상의하고자 했다.

이 자리에 오기 전까지만 하더라도 내 예상은 안기부 측에서 이 일을 저질렀더라도 일단 '부정'할 것이라 생각했다.

그러면 설령 안기부 측이 조설훈의 죽음에 개입해 있었다 하더라도 나는 그들이 범행을 은닉하고자 어떤 움직임을 보일 거라고…….

'아무리 그래도 이 상황에 조세화나 나를 건들지는 않을 테니까.'

그런 의미에서 보자면, 지금 안기부의 입장을 대변 중인 김철수의 시원시원한 긍정은 내 예측이 빗나간 사례였다.

'하지만 그건 그것대로 나쁘지 않아.'

아니 오히려 좋다고도 할 수 있을 정도다.

'하물며 나를 죽이려고 했다니, 잘 죽어 줬지.'

한편으론 나도 모르는 사이 생명의 위기를 넘겼다는 점은 내심 가슴을 쓸어내릴 만한 대사건이기도 했고.

그러니 조설훈에 대한 의리도, 그 죽음에 대한 진상을 밝히려 안간힘을 쓸 필요도 없는 내게 안기부의 김철수가 범인이었다는 사실은 내 입장과 하등 상관없는 일이다.

나야—남들 앞에선 아닌 척하고 있지만—조설훈이 죽어 준 것으로 더 큰 이익을 보게 되었을 뿐만 아니라, 조설훈이 건재해 있었다면 그는 언제고 나를 견제하거나 차려 둔 밥상을 빼앗으려 움직였을 것이기 때문에 안기부에서 조설훈을 죽여 준 건 내 쪽이 감사를 표하면 표했지, 반대의 경우는 생각도 하지 않는다.

'물론 그들이 조설훈을 살해한 진짜 꿍꿍이속까지는 알 수 없지만…… 일단 동맹을 맺은 상태라고 해 둘까.'

잠시 생각하던 김철수가 입을 뗐다.

"그런데 제 입으로 말하기는 뭣하지만, 누군가 그럴듯한 범인을 만들어 조세화를 설득하려면 그럴 만한 능력을 갖춘 인물이어야 하지 않겠습니까?"

김철수의 말대로였다.

우리가 만들어 낼 범인은 조설훈의 죽음으로 인한 이득을 얻어야 할 뿐만 아니라 (굳이 직접적인 금전적 이득이 아니더라도)석동출을 매수할 수 있는 능력, 그 상황에 사람을 죽이고 상황을 정리하는 담대함까지 갖추고 있어야 했다.

'조설훈을 죽여 얻을 수 있는 이득 부분은 개인적 원한이라

는 요소로 덮어 둘 수 있을지 몰라도, 사건의 완성도는 이미 개인적 원한이라는 차원의 그것을 넘어섰어.'

하지만 문제 될 건 없다.

"예, 그 부분은 저도 생각하고 있습니다."

"호오, 누굽니까?"

나는 빙긋 웃으며 대답했다.

"조광의 자회사 중 하나인 신진물산의 광금후 대표입니다."

내 말에 김철수는 웃음을 터뜨렸다.

"하하하, 설마하니 사장님 입에서 그 이름이 튀어나올 줄은 몰랐습니다."

그리고 이내 김철수는 눈을 가늘게 뜨며 나를 보았다.

"광금후라……. 확실히 적격이기는 하죠. 다만 한 가지 걸리는 점이라면 '무고한 민간인'을 범인으로 몰아넣어 살해한다는 윤리적 문제 정도일까요."

이 사람, 이제 와서 윤리적 문제를 운운하나?

'그것도 분명 내 각오를 보고자 하는 일일 테지만.'

나는 태연하게 김철수의 말을 받았다.

"뭐, 그분이 무고한 민간인은 아니지 않나요?"

"어라, 만나 보셨습니까?"

나는 고개를 저었다.

"아뇨, 이름만 알고 있을 뿐입니다. 하지만 제가 그 이름을 알게 된 계기가 되는 일이 바로 어젯밤에 벌어졌거든요."

"……어젯밤? 흐음, 그가 금일 그룹 행사장에 나타났을 리는 없고."

"별개의 사건이 있었습니다. 귀사 측에서도 모르고 계신다니 입단속은 철저하게 했나 보군요."

덧붙여 강이찬의 보고도 올라가지 않은 모양이고.

김철수가 머리를 긁적였다.

"암만 그래도 국내에서 벌어지는 모든 일을 알고 있을 수는 없으니까요. 아시다시피 저희는 일산출판사에 기생해 가며 활동비를 벌어야 하는 만큼 시간과 예산, 인력이 부족한 조직이거든요."

그러시겠지.

지금이 도청과 감시가 손쉬운 시대도 아니고.

나는 안기부 요원의 구질구질한 신세 한탄을 들어 주는 대신 곧장 본론으로 들어갔다.

"어젯밤 의문의 괴한 여럿이 구봉팔을 습격했습니다."

"……흐음."

김철수가 얼굴에서 웃음기를 지웠다.

"흥미롭네요. 어떻게 된 일인지 들을 수 있겠습니까?"

"그럼요."

나는 김철수에게 어젯밤 구봉팔을 습격한 괴한들에 대해 설명했다.

"그런 일이 있었습니까."

김철수가 재차 물었다.

"범인은 어떻게 됐습니까?"

"오늘 아침까지 등산을 했다고 하더군요."

"하하, 등산이라……."

김철수는 곰곰이 생각하다가 입을 뗐다.

"구봉팔 씨는요?"

김철수가 구봉팔의 안부를 걱정할 리가 없으니, 나는 그의 현재 행동 방침만을 전달했다.

"일단 몸을 숨기고 있습니다. 어젯밤 일을 사주한 인물로 하여금 작전이 성공했다는 인식을 심어 줄 수 있도록 말이죠."

"그렇군요."

김철수는 그 뒤 십몇 초가량 생각에 잠겼다가 다시 입을 뗐다.

"하지만 지금으로서는 광금후 대표를 가장 유력한 후보로 등록해 두었을 뿐, 그가 지시했다는 증거는 없는 상태군요."

지금 김철수의 말을 들어선 그가 내 계획에 동조하려는 건지, 반대를 하려는 건지 긴가민가했지만 나는 일단 내 의견을 밀어붙였다.

"예, 하지만 가장 유력한 후보이기도 해서요. 들으니 조설훈이 사망한 당일 있었던 조광 그룹의 임원 회의에서 공공연히 반기를 드러냈다고 하더군요."

김철수가 깍지 낀 손을 배 위에 올렸다.

"그 부분은 우리 회사도 파악하고 있습니다. 그 전후로 광금후의 돈이 움직인 정황도 있고요."

"돈이 움직였다고요?"

"그리 대단한 일은 아닙니다. 가진 돈을 풀어서 사람을 끌어모은 정도거든요."

즉, 광금후는 조설훈과 전면전도 불사할 각오였던 건가.

'조설훈이 그날 사망하지 않았더라면 꽤 흥미진진하게 돌아갔겠어.'

물론 조지훈의 사망 소식이 귀에 들어간 시점에서 광금후는 이미 꼬리를 말고 도망쳤겠지만, 아주 믿는 구석이 없던 건 아니었나.

김철수가 빙긋 웃었다.

"다만 여기서 흥미로운 점은 그 돈의 양보다 흐름이었습니다."

"흐름?"

"예, 지방은행으로 송금된 이력이 있더군요."

"……."

어라? 그거, 혹시…….

김철수는 마치 내가 무슨 생각을 하는지 알고 있는 양 그런 나를 물끄러미 쳐다보다가 입을 뗐다.

"광금후는 꽤 오래전부터 지방 진출을 계획하고 있었습니다. 어디 보자, 시기상으로는 조성광 회장이 쓰러진 이후로군요. 그가 대표로 있는 신진물산은 부산항을 중심으로 지부를 설치했고, 그곳 지부를 기점으로 사업 범위를 확대해 나가는 중이죠."

김철수가 이 정도로 판을 깔아 주니 나로서는 이를 받아먹지 않기가 힘들었다.

"혹시 광금후는 조광 내부에 독자적인 세력을 만들고자 했습니까?"

"꽤 직설적이시군요."

김철수는 내 지적을 부정하지 않았다.

그는 잠시 뜸을 들였다가 말을 이었다.

"하긴, 사장님께서도 조광이 어떤 회사인지 정도는 파악하고 계실 테니 에둘러 말하는 건 이쯤 해 두겠습니다. 광금후는 지방에 뿌리내리며 광남파라는 조폭들과 손을 잡았죠."

머릿속으로 퍼즐이 짝 맞춰지는 감각이었다.

'즉, 광남파는 안기부가 강이찬을 쥐락펴락하는 구실이기만 한 건 아니었던 건가.'

어쩌면 내가 개입하지 않고 가만히 내버려 두었더라도 광남파라는 조직과 광금후 파벌은 일소되었을지도 모르겠다.

'전생에 그 이름이 알려지지 않은 건 그때도 이미 뿌리를 뽑아냈기 때문이었던 거군.'

광금후는 광금후대로 조광의 실권을 장악한 조설훈에 의해 숙청되었을 것이고, 전국구로 진출하고자 하는 야심이 충만한 광남파는 광남파대로 간 크게도 마약을 건드렸으니, 마약 청정국인 대한민국에 마약을 들이는 걸 두고 볼 수 없었던 안기부에 의해 일소되었을 거란 의미였다.

'한편으로는 내가 개입한 것으로 인해 상황만 복잡해진 꼴인가.'

그렇다고 내가 이 자리에서 그런 걸 인정할 리는 없지만.

김철수는 내 표정을 어떻게 해석했는지 담담한 얼굴로 입을 뗐다.

"뭐, 고백하자면 저희도 광금후를 조사하다가 알아낸 게 아니라 광남파를 추적하다가 알아낸 사실이지만요."

솔직하기도 해라.

그리고 내가 알고 있는 정보의 정황상 김철수의 말은 진실이었다.

"광남파란 곳이 꽤 무시무시한 조직인가 보군요."

다만 나는 모른 척하며 말했고, 김철수는 픽 웃었다.

"그렇게 되기 전에 뿌리를 뽑는 게 국가가 하는 일입니다."

역시 광남파 따위는 안중에도 없다는 건가.

하긴 그렇겠지. 천하의 안기부를 상대로 일개 조폭이 뭘 어쩌겠어.

심지어 이때다 싶으면 내로라하는 대기업 회장 후보도 죽여 버리는 조직인데.

"다만."

김철수가 어조를 바꿔 입을 뗐다.

"저희로서는 이 일에 조금 더 신중하게 접근하고 싶었거든요. 결국 이런 일은 두더지 잡기 게임이나 다름없어서 말입니다. 아, 혹시 아십니까? 두더지 잡기 게임."

나를 무슨 오락실에도 안 가 본 도련님으로 아나.

'……이번 생에 한해선 딱히 틀린 말은 아니다만.'

나는 떨떠름해하는 속내를 감추지 않으며 고개를 끄덕였다.

"광남파라는 곳을 잡아 봐야 또 다른 곳에서 비슷한 조직이 불쑥 튀어나올 거란 말씀이죠?"

"그렇습니다. 조폭 집단 하나 정리하는 것쯤은 일도 아니지만, 문제는 그 배후입니다."

"배후요?"

"예."

김철수는 내게 이런 말을 해도 될지 새삼 망설였다가, 내 앞에선 새삼스러운 생각이었다는 걸 자각했는지 쓴웃음을 지으며 말을 이었다.

"우리 회사에선 그들이 국내에 마약을 들여오는 유통 루트를 개척해 놓은 것으로 추정하고 있습니다."

이미 알고 있는 사실이지만 나는 처음 듣는 이야기라는 양 고개를 끄덕였고, 김철수가 말을 이었다.

"그러니 광남파라는 곳을 제거해도 그들에게 마약을 공급하는 원류가 건재해 있는 이상, 저희로서는 광남파를 대체할 새로운 조직이 나오지 않으리란 장담은 할 수 없는 상황이죠. 어린이에게 말하기는 조심스럽지만…… 이 나라는 마약상들에게 꽤 괜찮은 시장이거든요."

이미 사람을 죽였다는 걸 고백해 놓고 이제 와서 애 취급은.

"그러면 김철수 씨 회사에서는 이번 제안에 협조해 주시기 힘들다는 건가요?"

김철수가 손사래를 쳤다.

"그렇다고는 말씀드리지 않았습니다. 어디까지나 신중하게 검토해 볼 필요가 있다는 의미죠. 이 일은 제가 속한 쪽만 아니라 다른 지부 쪽이랑도 연계해서 진행 중인 사안이어서요."

거, 정치인이나 할 법한 말을 하네.

'즉, 기각하겠단 거잖아.'

하지만 표현이야 어쨌건, 김철수의 말도 나름 일리는 있었다.

'그러면 전생에는 어땠을까.'

근 미래를 겪은 내 입장에서야 대한민국이 더 이상 마약 청정국이 아니게 되었다는 걸 알고 있지만, 그건 기존 시스템이 대처하지 못한 새로운 방법이 도입되었기 때문이었다.

근 미래로 갈수록 점조직화되는 범죄 조직에 의해 마약류를 유통하는 방법은 손쉬워졌고, 손에 넣는 방법 또한 마찬가지였다.

언론이나 저잣거리에서는 인터넷이나 스마트폰의 보급으로 개인 정보 보호가 허술해졌다고들 떠들어 대지만, 범람하는 정보의 홍수와 기술 발전에는 그런 순기능(?)만 있는 것은 아니다.

하지만 그 말은 곧 근 미래로 가기 전까지는 '기존 방식'이 통용되었다는 의미이기도 했다.

'지금 시대에서는 굵직한 조직 하나둘만 꽉 쥐고 관리하면 마약 유통 루트 정도는 제어가 가능하다는 거지.'

그러니 여기서 내가 김철수를 설득하고자 한다면 그에게 '두 마리 토끼'를 잡을 방법을 제시할 필요가 있었다.

'그리고 김철수 역시 그걸 기대하는 눈치고.'

그를 '설득'한다고는 했지만, 김철수를 비롯한 안기부에선 이미 작전 구상을 끝마쳐 두었을 것이다.

'지금은 단지, 그게 내 입에서 나오게 함으로서 책임 회피를 꾀하려는 것뿐.'

나를 손바닥 위에 놓고 조종해 보려는 김철수의 태도는 마음에 들지 않았지만 지금은 어쨌건 수단을 공유하는 관계였다.

'좋아, 일단은 그 꾀에 넘어가 주지.'

오히려 김철수가 나를 '조종'하고 있다는 착각해 준다면 나로선 일이 더 수월해진다.

어쨌건 지금 내겐 광금후를 조설훈 살해의 원흉으로 지목하는 일이나, 강이찬을 시켜 광남파를 일소하려면 안기부의 도움(또는 묵인)이 필요한 상황이니까.

'그러니 나로선 안기부가 나를 쓸 만한 장기짝으로 여기도록 만드는 것이 필요해.'

나로선 눈앞의 김철수가 신중한 성격이라는 것이 더 고마울 지경이다.

'왜냐면 내게 책임을 떠넘기려는 건 달리 말해 이번 작전에 내 지분이 늘어난다는 의미이기도 하고…… 또, 그들은 이 무모한 작전이 전생에는 성공을 거뒀다는 걸 모르고 있거든.'

그쯤해서 나는 머릿속에서 이들이 전생에 했을 법한 상황을 재구성해 보았다.

광금후가 숙청된 것에는 안기부가 개입하지 않았을 것이다.

즉, 여기서 광금후의 존재는 고려하지 않아도 된다.

'그럼 광남파라는 곳은?'

전생의 강이찬은 안기부의 지원을 받아 광남파를 괴멸시켰을까?

광남파라는 이름은 뒷세계에 어느 정도 연줄이 있던 내 기억에도 존재하지 않으니, 이 시기쯤 해서 정리 작업에 들어

갔을 것이다.

다만 그 시스템은 남겨 두었으리라.

'즉, 광남파가 확보한 마약 밀매 루트 자체는 안기부의 관리하에 놓였단 거야.'

그러면 안기부의 수족으로 일하며 조직 내에 바지사장으로 앉힐 만한 인물은?

강이찬.

강이찬에게 조직을 관리할 정도의 역량이 있다고는 생각하지 않지만, 애당초 바지사장에게 능동적인 경영 판단은 필요하지 않다.

아마 전생의 안기부는 강이찬을 범죄조직 내부에 잠입시키는 요원으로 고려하고 이를 실행에 옮겼을 것이다.

'물론 전생의 강이찬이 그 계획에 성공했는지 여부는 알 수 없어. 하지만 안기부의 계획으론 강이찬으로 하여금 광남파를 치게 만드는 것이었겠지.'

그리고 지금 내겐 그들이 보유한 그때 당시의 자원보다 더 그럴듯하게 지원해 줄 능력도 있다.

'더욱이 안기부는 전생에 그들의 작전이 성공했다는 것을 모르고 있어. 그러니 내가 숟가락만 얹는 정도의 지원만 해 주더라도 그 공은 내게 들어오게 될 거야.'

공개적으로 인정하지는 않겠지만 안기부가 나를 '유용하다'고 판단하는 한, 나는 안전하다.

'나를 조설훈에게서 지켜 주었듯, 미래에 있을지 모를 내 암살에 대해서도 1차 방공망 정도는 만들어 주겠지.'

재빠르게 생각을 정리한 뒤, 나는 입을 뗐다.

"그러면 일단 광금후와 광남파 사이에 연결 고리가 있다는 것만큼은 분명하군요."

"그렇죠."

"하면 이런 상황에서 광금후를 섣불리 범인으로 몰아붙였다간 그 파장이 광남파에 미칠지 모른다는 우려도 있겠고요."

김철수가 빙긋 웃었다.

"그렇게까지 말하지는 않았습니다만, 이번 일을 어느 정도는 신중하게 고려할 필요가 있다는 거죠."

시치미 떼기는.

나는 여기서 김철수가 바라는 대로 넘어가 주기로 했다.

"잘됐네요. 그럼 저희가 두 마리 토끼를 잡아 보면 어떨까요?"

김철수가 고개를 갸우뚱했다.

"두 마리 토끼?"

상황을 모르고 있었다면 나도 깜빡 속아 넘어갔을 정도로 김철수의 의뭉 떠는 폼 하나는 일품이었다.

"예, 만일 김철수 씨가 광금후를 조설훈 살해의 배후로 몰아넣는 데 동의해 주신다면 이번 일에 조광의 지원을 받을 수 있을 거라고 생각합니다."

조광의 지원.

안기부 입장에서는 아주 먹음직스러운 제안일 것이다.

지금이야 합법적이고 번듯한 사업체로 세탁을 마쳤다고 하지만, 조광의 본질과 기원은 결국 범죄 집단이다.

이러한 범죄 집단으로서 조광의 영향력은 이 시대에도 아직 건재하며, 광금후가 광남파라는 지방 조직과 연줄을 만들어 둔 건 그 흔적의 일부라 할 수 있겠다.

반면 안기부는 아무리 '음지에서 양지를 지향'하는 걸 가치관으로 삼는 기관이라고는 하나, 어쨌건 정부 조직.

그들이 작전 도중 수행할 수 있는 '수단'에는 한계가 있고, 그것이 위법한 일일수록 절차는 까다로워진다.

그게 아니면 김철수도 석동출의 다리에 총을 쏜 것이 아닌, 머리를 조준해 '생존자는 없었다.'라는 상황으로 연출하는 걸 택했을 것이다.

'……석동출에게 따로 일을 맡기려 한 거라면 모르지만, 그를 살려 둔 건 썩어도 정부 조직이라는 입장을 간과할 수 없었던 걸지도 모르지.'

어쨌건 김철수는—그도 내가 이렇게 나올 줄 예상은 했겠지만—내가 던진 미끼를 흥미롭다는 듯 덥석 물었다.

"조광의 지원이라……. 그건 무슨 이야기입니까?"

아닌 척하고는 있지만 그 역시도 떡은 떡집에 맡기랬다고, 범죄 조직 관리도 범죄자들에게 맡기는 것이 최선이라 보는 것일 터였다.

"일단 현재 조세화를 중심으로 한 조광의 세력 구도에 대해 말씀드리죠."

김철수도 표면적인 내용은 파악하고 있을지 모르나, 조세화며 구봉팔 등과 직접 얼굴을 마주하며 지내 온 나와 달리 허점이 있을 수밖에 없다.

나는 김철수에게 조세화가 조설훈의 원수를 갚고자 하며, 구봉팔이 그런 그녀에게 협조하고 있다는 내용을 알려 주었다.

잠자코 내 이야기를 들은 김철수는 그 분야의 프로(?)들이 협조해 줄 거라는 것에는 납득한 모양인지, 그가 턱을 긁적이며 꺼낸 말은 그 외적인 이야기였다.

"……이거 참, 조세화는 원수를 갚는 일에 저희가 생각하던 것 이상으로 집착하고 있었군요. 제가 파악한 내용에선 조설훈과 조세화 부녀 관계가 그리 원만해 보이지 않았는데."

이 사람이.

아무리 그래도 아버지를 죽인 범인이 버젓이 눈 뜨고 있다는데 그 원수를 안 갚겠나.

김철수가 말을 이었다.

"그리고 구봉팔이 조세화에게 그 정도로 협조적이란 것도 다소 의외였습니다. 박상대가 죽은 시점에서 더 이상 조광과 엮일 이유는 사라진 게 아니었습니까?"

안기부는 구봉팔과 박상대 사이의 관계에 대해서도 진즉에 파악하고 있는 모양이었다.

'다만 구봉팔이 박상대에 대해 원한이 있으리라고 생각한 건 데이터 분석으로만 해석해 낸 단편적인 사고이지만.'

뭐, 그 부분은 나도 그럴 것이라 오해하고 있었으니 넘어가도록 하자.

"구봉팔 씨는 의리의 사나이거든요. 어쨌건 조성광 회장에게 받은 은혜가 있으니, 조세화를 보필하는 것이 그 은혜를 갚는 길이라 생각하는 걸지도 모르죠."

"웃어넘기기엔 그럴듯한 분석이군요."

김철수는 꽤 진지한 어조로 고개를 끄덕였다.

"그러면 즉, 조세화와 구봉팔의 당면한 과제는 조설훈의 원한을 갚는다는 것에 초점이 맞춰져 있다는 것으로 받아들여도 되겠습니까?"

"예, 그거에 비하면 합자회사를 차리는 것쯤은 조세화에게 별로 중요한 일도 아니죠. 그러니 이런 식으로 의혹을 남긴 채 질질 끌다 보면 결국 꼬리를 밟히고 말지도 모릅니다."

"……."

김철수가 잠시 뜸을 들였다가 입을 뗐다.

"어쨌거나 이 상황이 제 목 하나 내놓는다고 끝날 문제가 아니라는 건 알겠습니다. 조세화가 생각 이상으로 유능하단 것과, 그녀에겐 적대하는 '조직'이 필요하다는 것도요."

그 말이 내게는 왠지 빈말처럼 들리지 않았다.

김철수는 여차하면 자신이 책임을 뒤집어쓰고 조세화 앞에 나설 각오까지 한 모양이었다.

'그게 이미 개인적 차원의 일이 아니었다는 것쯤은 그도 알고 있을 테지만 말이야.'

김철수가 내게 물었다.

"그러면 이성진 사장님께선 광금후를 원흉으로 지목하는 것으로 이 모든 일이 해결될 것이라 보십니까?"

"그렇게만 된다면 저도 편하지만요."

나는 어깨를 으쓱였다.

"그건 어디까지나 첫 단추를 꿰는 일에 불과합니다."

"……흐음, 말씀하시는 뉘앙스가 왠지 저희 회사의 협조도 필요하단 것으로 들립니다만."

"그렇습니다."

나는 김철수에게 보란 듯 빙긋 웃어 보인 뒤, 내가 생각한 작전을 그에게 설명했다.

내 계획을 들은 김철수는 어처구니없다는 듯 메마른 웃음을 흘렸다.

"……하하! 이거, 사장님도 꽤 짓궂으시군요."

"자주 듣습니다."

"……."

김철수는 나를 물끄러미 바라보다가 응접실 벽에 걸린 시계를 힐끗 쳐다보곤 고개를 끄덕였다.

"좋습니다. 그렇게 하죠."

안기부와 밀약이 성사되고, 얼마 지나지 않아 양상춘이 복귀했다.

처음에는 이런 자리 자체를 별로 내켜 하지 않던 양상춘이었지만 막상 회사를 둘러본 뒤로는 그도 꽤 흡족해하는 얼굴로 변해 있었다.

"역사가 깊은 회사여서 그런지 흥미로운 것이 많이 보이더군."

택시를 타고 돌아가면 된다는 내 (빈)말에도 불구하고 양상춘은 한사코 자신의 차로 나를 바래다주고자 했다.

'위장용 낙하산 취업으로 시작했지만 의외로 적성에 맞는 일자리라고 생각한 모양이지.'

권한과 책임이 공존하는, 그러면서도 외부의 간섭에서 자유로운 부서라는 점도 그 호의적인 인식 전환에 한몫했을 것이다.

"마음에 드신다니 다행이네요."

"그래, 언제까지 붙어 있을지는 모르겠지만, 하는 동안은 최선을 다하도록 하지."

"제 쪽에서도 가능한 한 필요한 지원은 모두 해 드리겠습니다. 분야가 분야다 보니 IT쪽 인재도 필요할 테고요."

"음, 그 부분은 자네도 미리 생각한 바가 있을 테니 맡겨 두겠네."

나는 양상춘의 말에 빙긋 웃어 주곤 조수석 창가를 바라보았다.

'양상춘은 이걸 임시직으로 여기는 모양이지만, 이대로라면 그쪽이 생각하는 이상으로 오랫동안 붙어 있게 되겠군.'

양상춘은 본인이 관심 없는 분야에는 일체의 정을 두지 않는 인물이지만, 흥미를 느끼는 분야에 대해선 철저하게 파고드는 유형이다.

그런 의미에서 양상춘이 출판사 일을 마음에 들어 하는 건내게도 꽤 좋은 징조였다.

'그보다 지금은……'

조설훈을 살해한 것이 안기부의 김철수였다는 걸 확인하기 전까지만 해도, 나는 양상춘을 일산출판사에 앉혀 안기부라는 조직에 견제를 하는 역할만을 부여하고자 했다.

'내 신뢰를 산다고 여겨지는 누군가가 가까이 있기만 해도 행동 반경이 좁아질 테니까.'

까놓고 말하면 굳이 양상춘일 필요도 없고, 오히려 공가희를 앉혀 책상에 앉아 작곡이나 하고 있으라며 명령해도 좋은 일이었다.

하지만 양상춘이 자신의 위치를 마음에 들어 하는 데다가 이제 김철수가 한배를 탄 동지가 된 이후로는 그 방침을 조금 수정할 필요가 생겼다.

'직접적일 필요는 없어. 어디까지나 떡밥을 슬쩍 흘리는 정도로만.'

조세화는 저래 보여도 꽤 경계가 깊은 인물이고, 그 마음에 빈틈을 만들어 내려면 내부에서 시작하는 것이 좋다.

조세화는 양상춘을 별로 좋아하지 않는 것과 별개로 그 능력만큼은 신뢰하고 있었으니, 나는 밑 공작에 양상춘을 이용해 볼 생각이다.

'물론 양상춘도 그렇게 호락호락한 인물은 아니니 신중하게 움직여야겠지.'

나는 뜸을 들였다가 입을 뗐다.

"그나저나 바래다주셔서 감사드립니다."

"신경 쓰지 말게. 그리고 보니 자네 운전기사는 휴가 중이라고 했던가?"

양상춘이 먼저 말을 꺼내지 않았다면 그건 내 쪽에서 언급할 예정이었다.

"아, 네. 강이찬 씨 말이죠? 오전만 하더라도 함께 있었는데."

"그랬나?"

"네, 꽤 갑작스럽긴 하지만 지금은 휴가 중이거든요."

양상춘은 별 관심 없다는 듯 대화를 이어 가고 있었지만, 강이찬이 갑작스레 부재중이라는 그 정보만큼은 귀에 들어가고 있을 것이다.

'조세화까진 어떻게 속여 넘길 수 있을지 몰라도 양상춘까지 그러긴 쉽지 않을 거거든.'

양상춘은 논리적인 인간이다.

그러니 앞으로 벌어질 일에 인과성이 성립한다면, 자신의 사고가 빚어낸 늪에 빠져 스스로를 납득시키게 되리라.

2장

　이성진을 회사 앞에 내려다준 뒤, 양상춘은 갓길에 차를 세워 둔 채 핸드폰을 꺼냈다.

　방금 전 그 핸드폰에 '문자메시지'가 도착했다는 알림이 울렸는데 운전 중이어서 내용 확인을 못 한 것이다.

　양상춘은 핸드폰을 열어 내용을 확인했다.

　수신한 내용인즉, 조세화로부터 통화가 가능할 때 전화를 한 통 달라는 내용이었다.

　'삐삐보단 편하군.'

　양상춘은 요즘 젊은이들이 삐삐로 번호를 남겨 숫자로 이루어진 암호문 같은 메시지 같은 걸 남기곤 한다는 것은 알고 있었지만, 그 숫자로 기호화한 말장난을 익힐 생각은 없었기에 삼광전자가 개발한 이 '문자메시지'라는 것이 퍽 마음에 들었다.

굳이 문제라고 하면 양상춘에겐 딱히 문자메시지를 주고받을 상대가 없다는 것 정도일까.

양상춘은 조세화에게 전화를 걸었다.

-여보세요.

양상춘은 수화기 너머로 들려오는 앳된 목소리를 받았다.

"양상춘이다. 전화 달라고?"

-아, 네, 박사님. 혹시…… 거기에 성진이 있나요?

왜 나한테 전화를 걸어 이성진을 찾는 건지.

양상춘은 떨떠름한 얼굴로 대답했다.

"아니, 이제 막 회사에 바래다주는 길이다."

-다행이네요.

다행?

이성진의 부재가 다행이라고 하는 그녀의 말에 양상춘이 위화감을 느끼는 사이, 조세화가 말을 이었다.

-시간 되시면 함께 식사라도 하시겠어요?

시간이야 차고 넘치지만, 집에 돌아가 일산출판사에 대한 조사 및 공부를 하고 싶었던 양상춘은 조세화의 제안이 별로 내키지 않았다.

그래도 조세화가 딱히 친목을 도모하고자 자신을 호출했을 리는 없었으므로, 양상춘은 하는 수 없이 조세화의 말을 받았다.

"그럼 마침 이성진네 회사 근처니까 세화가 시저스로 오겠나?"

이번 기회에 시저스의 요리를 느긋하게 음미해 보고 싶었던 양상춘이었다.

밥도 아마 조세화가 사 줄 테고.

−네⋯⋯? 아뇨, 시저스는 다음 기회에 가기로 하고, 저번에 뵈었던 호텔로 와 주시면 감사하겠습니다.

조세화의 말에 양상춘은 그녀가 제법 심각한 일—그것도 어쩌면 이성진에겐 비밀로 하고 싶은—로 자신을 부르려 한다는 것을 파악했다.

"알겠네. 그럼 거기서 보지."

−감사합니다. 그럼 그때 뵈어요.

조세화와 통화를 마친 뒤, 양상춘은 운전석에 앉아 잠시 생각에 잠겼다.

'혹시 그사이 무슨 일이 있었나?'

그것도 이성진에게는 비밀로 해야 할 법한⋯⋯.

비록 조설훈 살해의 배후자라는 오해는 털어 냈지만, 양상춘에게 이성진의 범상치 않은 행동거지가 수상쩍다는 것 자체는 여전히 변치 않았다.

'일단은 만나 봐야겠군.'

양상춘은 차를 몰아 조세화와 약속한 장소로 향했다.

호텔에 도착한 양상춘은 차에서 내려 이제 왠지 익숙한 느낌마저 드는 삼엄한 경비를 지났다.

'……익숙해진 느낌치곤 왠지 저번에 보던 것보다 경비가 강화된 것 같은데.'

양상춘은 면식이 있는 부하의 안내를 받아 카페 안쪽의 VIP룸으로 들어갔고, 조세화가 그를 반겼다.

"어서 오세요, 박사님."

통화를 할 때 느낀 거지만, 왠지 그저께 보았을 때보다 격식이며 예의를 의식하는 느낌이 들었다.

'어제 금일 그룹 행사에 참석한 일이 무언가 계기가 되었나?'

양상춘의 추측이 맞았다.

조세화는 어제 행사 이후 조금씩 자신의 위치를 깨달아 가는 중이었고, 그녀는 스스로가 더 이상 아이로 남을 수 없다고 생각하기 시작한 것이다.

양상춘이 조세화의 맞은편에 앉았다.

"무슨 용건이지?"

곧장 본론으로 들어가는 양상춘을 보며 조세화는 그답다고 생각했다.

"그냥…… 오늘 회사에 가신 건 어떻게 되었는지 궁금해서요."

조세화의 말에 양상춘은 피식 웃었다.

마음 같아서는 어울리지 않으니 그냥 본론이나 말하라고 쏘아붙여 주고 싶었지만, 양상춘도 생각만 했을 뿐 실천에 옮기지는 않았다.

"무난해. 내가 알던 것보다 괜찮은 회사더군. 이성진도 나름대로 생각이 있어서 출판사를 인수했다는 것도 알았고, 그 지원도 아낌없이 해 준다니 그 자리에 있는 동안은 최선을 다해 볼 생각이네."

조세화가 빙긋 웃었다.

"잘됐네요."

"세화는?"

"저요?"

"그래, 어제 금일그룹 행사에서 어땠나? 이성진에게선 듣지 못해서."

"아, 어제 말이죠. 그거 아세요? 성진이가 바이올린 잘한다는 거."

"그래? 다재다능한 친구였군."

"정말이에요. 그래서……."

조세화의 별 영양가 없는 이야기에 맞장구를 쳐 주고 있으려니 노크 소리와 함께 조세화의 부하가 트레이를 밀고 들어왔다.

"저번에 이 호텔 2층 레스토랑을 마음에 들어 하신 거 같아서.”

역시 돈이면 안 되는 게 없는 건가.

부하가 2층 레스토랑에서 배달 된 따끈따끈한 정찬을 상위에 놓고 퇴장하자마자 조세화가 입을 뗐다.

“드시는 동안 이야기할게요.”

본론이군.

양상춘이 스테이크를 써는 동안 조세화가 입을 뗐다.

“어젯밤, 저희 일을 도와주고 계신 구봉팔 이사님이 괴한들에게 습격을 당했어요.”

조세화의 말에 상춘의 나이프가 멈칫했다.

그야 조세화가 빠르게 본론으로 들어가길 바라긴 했지만, 그 내용이 ‘마음 편하게 밥 먹으면서’ 들을 내용은 아니었던 것이다.

양상춘은 결국 포크와 나이프를 내려놓았다.

“습격? 누구에게?”

“그건 아직 모르겠어요.”

“무사한가?”

“네, 다행히도…… 직접 통화했거든요.”

조세화가 아랫입술을 잘근 씹은 뒤, 구봉팔과 통화에서 들은 내용을 양상춘에게 간추려 들려주었다.

“……그리고 지금은 잠시 몸을 피해 있으세요. 구봉팔 이사님께선 습격을 사주한 범인이 누군지 모르는 이상 신중해야 한다고."

양상춘이 고개를 끄덕였다.

"그랬군……."

양상춘은 문득 자신 앞에선 아무런 티를 내지 않던 이성진을 떠올리며 물었다.

"이성진도 이 일을 알고 있나?"

"아뇨, 말하지 않았어요."

아, 모르고 있어서 티를 내지 않은 건가.

하긴, 아무리 이성진이 범상치 않은 꼬마라지만 그 정도 일이 있었다는 걸 알고 있다면 티를 냈겠지.

그보다는.

"그런 일이 있었다면 이성진도 알아야 하지 않겠나?"

양상춘의 합리적인 지적에 조세화는 쓴웃음을 지었다.

"저도 그러고 싶은 마음은 굴뚝같지만 일부러 말하지 않았어요."

"왜?"

"그야 성진이 성격이라면 분명 두 팔 걷어붙이고 나서 줄 거니까요."

과연, 이번 일처럼 '폭력'이 개입된 일에 이성진이 엮이면 그도 위험해질지 모른다는 건가.

"또, 구봉팔 이사님도 성진이에겐 알리지 않는 편이 좋을 거라고 말씀하셨고요."

"나도 그게 좋다고 보네."

"그래요?"

"음."

양상춘이 고개를 끄덕였다.

"사건이 어젯밤 발생했다는 건, 다시 말해 당시 범인은 세화와 이성진이 동업 형태로 엮여 있다는 사실을 모르고 있을 공산이 커. 지금쯤이면 어제 금일 그룹 행사 때 자네와 이성진이 동행했다는 소문이 퍼졌을지도 모르지만 그땐 아니었지."

"박사님께선 범인의 목표가 저라고 보세요?"

"그래, 구봉팔 이사가 극소수의 인물에게만 사건을 알린 건, 범인으로 하여금 습격이 성공했다는 착각을 심어 주려고 한 것일 테니까. 여담으로 세화도 그걸 의식해 경비를 늘리긴 한 모양이지만, 상대로 하여금 습격이 성공했다는 생각을 심어 주면 그만큼 세화의 신변은 안전해질 것일세."

양상춘의 말에 조세화는 내심 그에게 상담하길 잘했다고 생각하며 고개를 끄덕였다.

양상춘이 즉석에서 말한 내용은 조세화도 꽤 오랜 시간 고민하며 다다른 결론이기도 했던 것이다.

"맞아요. 다만 그런 만큼 이런 일에 자칫 성진이를 끌어들이는 건 여러모로 위험 부담도 크고요. 지금은 차라리 범인이 저를 겁쟁이 소녀로 생각하도록 하는 것도 좋다고 보거든요."

가정환경 덕분인가, 싹수가 파랗군.

조세화가 덧붙였다.

"게다가 지금은 이찬 오빠도 성진이 곁에 없잖아요. 더더욱 신중해야죠."

이찬 오빠?

'아, 혹시 강이찬 말인가.'

양상춘은 이성진이 차에서 말했던 내용을 머릿속으로 복기했다.

'분명 오늘 오전만 하더라도 함께 있었지만 급하게 휴가를 썼다고 했지.'

그런데 강이찬이 휴가 중인 걸 조세화가 어떻게 알았단 건지. 조세화는 양상춘의 생각을 읽기라도 한 것처럼 말을 이었다.

"이찬 오빠는 지금 구봉팔 이사님과 함께 있는 모양이거든요. 아, 이찬 오빠는 저번에 박사님도 뵈었죠? 성진이 운전기사요."

"알고 있네. 그런데 여기서 그의 존재 유무가 중요한가?"

양상춘의 말에 조세화가 어깨를 으쓱였다.

"집안이 이렇다 보니 특정 부류의 사람을 보는 눈은 있는 편이거든요. 그분, 분명 성진이 보디가드도 겸하고 있어요."

조세화의 말에 양상춘은 언젠가 SBY가 엮인 납치 미수 사건에서 강이찬이 활약한 적 있다는 경찰 보고서를 뒤늦게 떠올렸다.

별로 관심이 없는 일이어서 의식 구석으로 치워 두었던 것이 이제야 생각난 것이다.

"아마 그럴 걸세. 강 형사 말로는 그가 특수부대에 몸담은 적이 있다고 했으니까."

따지자면 그 일은 조세화의 부친이 연루된 일이어서 일부러 언급은 피했지만.

"정말요? 흐음, 역시 그랬구나."

양상춘은 내심 그런 강이찬을 알아본 조세화의 후각이 예민하다고 생각했다.

'별로 존재감도 없던 사람인데, 새삼 생각해 보니 그런 인재를 곁에 두고 운전기사로 부리는 걸 보면 과연 재벌가 도련님이시군.'

그때 양상춘은 문득 어떤 위화감을 느꼈다.

'그런데…… 구봉팔과 강이찬이 함께 있다고?'

구봉팔과 강이찬은 이성진과 관계를 통했다는 것 외에 둘 사이에선 그 어떤 접점이나 연결고리도 찾기 힘들다.

'나도 구봉팔이란 인물을 직접 만나 본 적은 없지만……'

그야 사람 일이라는 게 알기 힘든 것이니 보이지 않은 곳에서 의기투합을 해 버렸다면 그뿐인 이야기지만, 그런 것이 아닐지도 모른다는 생각은 과연 자신의 의심 많은 성격이 불러온 섣부른 직관에 불과한 걸까?

하다못해 이성진이 어젯밤 구봉팔이 겪은 습격에 대해 알고 있었다면 '지원'의 형태로 강이찬을 빌려주었을지도 모르나, 이성진은 어젯밤 구봉팔이 겪은 일을 몰랐다(고 어느새 양상춘은 생각하고 있었다).

그래서 양상춘은 생각한 의문을 겉으로 표했다.

"그나저나 구봉팔 이사와 강이찬이 친하게 지낸다는 건 처음 듣는군."

"저도 그래요. 뭐, 들으니까 습격이 있었던 술집에서 어젯밤 의기투합하고 있었다나 봐요. 저도 자세히는 못 들었지만요."

"······음."

습격이 있었던 어젯밤, 의기투합을 했다?

그렇다는 건 강이찬은 구봉팔이 습격을 당했다는 걸 알고서도 이를 이성진에게 보고하지 않았다는 의미였다.

'의외로군.'

거기서 양상춘은, 어쩌면 강이찬은 이성진의 수족 같은 것이 아닐지도 모른단 생각이 들었다.

'설마, 어제 구봉팔을 습격한 범인과 한패라거나······?'

아니, 그건 억측인가.

그래도 이 일을 '괴한의 습격이 있던 그날 우연히 의기투합'했다는 식으로 퉁치고 넘어가는 건 양상춘의 성격과 맞지 않았다.

'우연치고는 지나치게 공교로워. 분명 의도적인 접근이야.'

그것도, 강이찬은 이성진의 의사와 다른, 모종의 꿍꿍이로 구봉팔에게 접근한 것이다.

양상춘은 잠시 생각하다가 조세화에게 물었다.

"그러면 혹시, 세화는 강이찬 씨가 어떤 경위로 이성진의 운전기사가 되었는지는 알고 있나?"

조세화는 양상춘이 별걸 다 묻는다고 생각하면서 언젠가 들었던, 자신이 아는 바를 대답했다.

"성진이 사촌 오빠…… 음, 정확히는 재종간이라고 했나? 아무튼 그 오빠가 차를 선물해 주면서 소개해 줬대요."

"……."

재벌가 사람들 선물 스케일에는 놀랐지만, 중요한 건 그게 아니었다.

'즉, 어쨌건 강이찬은 이성진이 직접 골라 뽑은 인물은 아 니라는 의미로군.'

그렇게 양상춘은 이성진이 파 놓은 간단한 함정에 빠진 것 도 눈치채지 못한 채, 자신의 사고에 나름의 논리와 가설을 덧붙여 가며 귀결해 나갔다.

그리고 그런 양상춘의 오해(?)에 방점을 찍을 일도 착착 준 비 중이었다.

우우웅!

그때 양상춘의 품에 있던 핸드폰에서 진동이 울렸다.

만일 지금이 핸드폰이 대중화되어 각종 스팸 문자가 난립하는 시대였다면 양상춘은 자신에게 온 알림 신호를 무시했을지도 모른다.

하지만 양상춘의 핸드폰으로 연락할 사람도, 하물며 문자메시지를 보내는 사람은 더더욱 적었기에 양상춘은 자신의 품에서 울리는 문자메시지 알림의 짧은 신호음을 의식했다.

더욱이 외부 소음을 차단하는 호텔 카페 VIP룸은 양상춘의 핸드폰 진동음을 평소보다 더 크게 들리게 했다.

"잠깐 확인해도 될까?"

"그러세요."

이때까지만 해도 양상춘은 별생각 없이 반사적으로 핸드폰의 문자메시지를 확인했다.

-김철수입니다. 지금 통화 가능합니까?

그 짧은 문장에 양상춘의 표정이 굳었다.

'김철수? 그 사람이 왜?'

양상춘의 표정이 굳는 걸 본 조세화가 조심스레 물었다.

"무슨 일 있나요?"

"……아니."

양상춘이 핸드폰 폴더를 덮었다.

"출판사에서 만난 사람이 전화를 달라는군."

"출판사라면 오늘 가셨던……?"

"음."

양상춘은 그 상태로 잠시 생각에 잠겼다.

'김철수라…….'

김철수는 돌아서면 그 생김새를 잊을 정도로 인상이 희미한 사내였다.

'아마, 길에서 만나면 당장 알아보지 못할 정도로.'

심지어 회사에서 만남도 길지 않았다.

'사장 대리'로 나온 그는 몇 가지 형식적인 이야기만 주고받다가 곧장 부하를 시켜 양상춘에게 회사 안내를 부탁했고, 이후 작별인사를 하고 헤어진 것이 전부다.

그럼에도 양상춘이 김철수를 의식하고 있었던 까닭은 그가 이성진과 구면이라는 사실 하나 때문이었다.

'게다가 사장 대리로 나와 이성진을 만났다는 건…….'

그래서 양상춘은 처음엔 그가 일산출판사 사장의 친인척쯤 되는 인물인가 하고 생각했을 정도였다.

그가 독고씨가 아닌 김씨라는 걸 알면서도 이성진에게 김철수에 대해 떠본 것도, 사장이 독고 씨인 것과 별개로 그가 사모(사장 부인)의 친척이라면 하등 상관없는 일이니까.

거기서 이성진은 그가 사장과 사적 연고가 없는 인물이며 '유능한 사람'이라고 답했다.

'게다가 그 이성진이 인물의 능력을 평가했다는 건, 모르긴 몰라도 그 실력을 가늠할 만한 일화가 하나쯤 있었단 거지.'

이성진이 별뜻 없이 했던 말 한마디에도 의미를 부여하는 양상춘이었다.

그런 이유로 이성진 앞에서는 그냥 넘어간 양상춘이었지만, 양상춘은 그가 '사장 대리'를 자처하며 응대했다는 것과 이성진과 연관된 인물이라는 내용에서 내심 적잖이 그를 의식하고 있었던 것이다.

그래서 보통은 이 문자메시지를 무시하고 말겠지만, 양상춘은 신경 안쪽을 긁어 대는 듯한 감각을 외면하기가 힘들었다.

"잠깐 통화 좀 하고 와도 될까?"

조세화 역시 구봉팔의 뉘앙스에서 진지함을 읽었다.

"······네."

뭐, 그렇다고 조세화가 '안 돼요' 하고 말할 명분이나 구실이 있는 것도 아니었지만.

구봉팔은 양해를 구한 뒤 VIP룸을 나왔다.

양상춘은 장식물처럼 입구를 지키고 있던 조세화의 부하가 던진 시선을 피해 김철수에게 전화를 걸었다.

명함을 꺼내 전화번호를 눌러 댈 필요 없이 문자메시지에 대고 통화 버튼만 누르면 되는 클램의 편의성에 새삼 감탄하면서.

-여보세요.

"여보세요, 양상춘입니다."

수화기 너머 김철수가 능청스레 인사했다.

-아, 네, 박사님. 일찍 전화 주셨군요.

그 능청스러움과 별개로 왠지 김철수가 마음에 들지 않았던 양상춘은 사무적으로 그 말을 받았다.

"……아, 예. 무슨 용건이십니까?"

—괜찮다면 커피라도 한잔하시겠습니까?

무슨 꿍꿍이지?

"죄송합니다만 지금 바빠서요. 다음에 시간을 내 보겠습니다."

—그러세요? 마침 ○○호텔 근처여서 그곳 1층 카페에서 만나면 좋겠다고 생각했는데.

김철수의 말에 양상춘은 흠칫했다.

그가 말한 장소는 지금 양상춘이 조세화와 함께 있는 장소였으니까.

"……."

—어때요? 이쯤하면 잠시 만나는 정도는 가능하지 않겠습니까?

양상춘은 김철수가 결코 만만치 않은 인물임을, 그리고 그 행동력에 약간의 공포마저 느꼈다.

"……당신, 뭐 하는 사람입니까?"

—그건 만나서 이야기하죠. 그러면 거기 계신 분께 입구에 있는 덩치들 좀 치워 달라고 말씀해 주시겠습니까?

"……."

—아니면, 혹시 전세 내셨어요?

"일행과 상의해 보겠습니다."

-네, 기다리죠.

양상춘은 대답을 듣는 즉시 혐오 물질이라도 치우듯 전화를 끊어 버렸다.

'뒤를…… 밟힌 건가?'

언제부터?

'아니. 지금은 그런 걸 생각할 때가 아니야.'

양상춘은 성큼걸음으로 조세화가 기다리고 있는 VIP룸에 들어갔다.

얌전히 스테이크를 썰고 있던 조세화는 양상춘의 험상궂은 표정을 보곤 식기를 내려놓았다.

"무슨 일이에요?"

"그가 여기로 온다는군."

그 말에 조세화는 양상춘이 무슨 말을 하는지 모르겠다는 양 눈을 깜빡였다.

"네?"

"출판사에서 봤다는 사람. 내가 있는 호텔 근처라고 한다."

단지 그것뿐이었지만, 조세화는 뜸 들이는 일 없이 곧장 입을 뗐다.

"수길 아저씨!"

조세화가 목소리를 높이자마자 벌컥 문이 열리며 입구에 서 있던 사람들이 들어옴과 동시에 카페 입구에 있던 인원들이 우르르 들어왔다.

그들은 당장이라도 양상춘을 제압할 것처럼 들어왔다가 양상춘에게서 적의가 없다는 걸 깨닫고는 품에서 손을 뺐냈다.

구봉팔이 어젯밤 습격을 당했기 때문인지 그들은 하나같이 살기등등했다.

'그러게 왠지 평소보다 경비가 삼엄한 것 같더니…… 이거, 누군들 조세화한테 손을 대려 한다면 뼈도 못 추리겠군.'

양상춘은 새삼 조세화가 어떤 위치에 있는지 실감이 갔다.

그중 이들을 지휘하는 대장인 듯 연배가 꽤 있어 뵈는 사내가 앞으로 나섰다.

"무슨 일이십니까, 아가씨."

"곧 초대 안 한 손님이 오실 거예요. 손님 맞을 준비를 하죠."

"……예."

사내가 눈짓하자 부하들은 대장을 제외하곤 우르르 방을 나갔고, 조세화는 딱딱하게 굳은 얼굴로 양상춘을 보았다.

"뭐 하는 사람이죠?"

"나도 모른다. 오늘이 초면이었으니까."

양상춘은 그 자리에 남아 있는, 조세화가 불렀음 직한 '수길 아저씨'를 의식하며 대답했다.

"애당초 그가 나에게 문자메시지를 보낸 이유도, 나를 만나고자 하는 까닭도 짐작 가지 않는군."

"……그런가요."

조세화는 상에 놓인 정찬을 물끄러미 바라보며 생각에 잠겼다가 앉은 자리에서 일어섰다.

"밖으로 나갈까요?"

양상춘은 이 순간 어째서인지 '이 스테이크는 먹지 못하겠군.'이라는 쓸데없는 생각을 했다.

"여기가 안전하지 않겠나?"

"이곳은 밀실이잖아요. 만에 하나 생길지 모를 사태를 대비해야죠."

여기가 서울 한복판이라고는 하지만 저쪽이 작정하고 인원수로 밀어붙인다면 조세화를 해하는 것도 불가능하지는 않다.

양상춘은 괜한 걸 물었다고 생각하며―동시에 조세화와 밥 먹는 자리는 두 번 다시 만들지 말아야겠다고 생각하면서―고개를 끄덕였다.

"그도 그렇군."

"박사님도 지금 통화가 가능하면 그분께 라운지에서 뵙자고 말씀해 주세요."

양상춘은 조세화를 따라 카페를 나서며 김철수에게 전화를 걸었다.

―네.

"호텔 라운지에서 뵙죠."

―흐흠……

짧게 용건을 전한 양상춘의 말에 수화기 너머 김철수는 잠시 망설이는 기색이더니 곧장 대답했다.

ㅡ네, 그러죠.

이번에는 김철수 쪽이 먼저 전화를 끊었다.

'……이거, 도대체 뭐 하는 인간인지.'

'수길 아저씨'를 대동한 조세화와 함께 호텔 라운지로 향한 양상춘은 이내 김철수를 알아보았다.

"아, 거기 계셨군요."

김철수는 마치 오랜만에 지인을 만난 것처럼 능청스럽게 다가왔다.

"처음 뵙겠습니다. 저는 일산출판사 외부 3영업……."

김철수는 조세화에게 악수를 청하려 했지만, 조세화의 수행원이 슬쩍 앞으로 나서는 바람에 무산되자 멋쩍은 듯 손을 내렸다.

"조세화입니다."

조세화의 무표정한 인사를 받은 김철수는 짧게 고개를 끄덕이곤 주위를 둘러보았다.

호텔 라운지 여기저기엔 조세화의 부하들이 포진해 있었고, 특히 입구 쪽엔 꽤 많은 인원이 서 있었다.

듬성듬성 선 것처럼 보여도 빈틈없이 김철수를 포위한 형국을 보니, 그들은 '이런 일'에 익숙한 듯했다.

험상궂게 생긴 인물들이 여기 저기 묵묵히 서 있는 모습에

호텔을 방문한 몇 안 되는 손님들은 저마다 수군거리며 거리를 두기 시작했지만 김철수는 아무렇지 않은 듯 입을 뗐다.

"서서 이야기하긴 뭣하니까 좀 앉을까요?"

"……."

조세화는 수행원에게 귓속말을 했고, 수행원은 뒤로 한 걸음 물러섰다.

"실례했습니다. 앞장설게요."

"네."

강심장인 건지, 아니면 눈치가 없는 건지…… 아마도 전자이겠지만 타인으로 하여금 후자로 생각되게끔 김철수는 태연한 기색으로 조세화를 따라 발걸음을 옮겼다.

이윽고 조세화는 호텔 라운지에 비치된 간이 카페의 창가에서 먼 테이블 자리에 앉았고, 그녀가 고른 자리 근처로 덩치들이 둘러싸듯 자리를 잡았다.

"김철수 씨라고 하셨죠."

조세화는 자리에 앉자마자 그렇게 입을 뗐다.

"예, 일산출판사 외부 3영업팀장 김철수입니다."

김철수는 김철수대로, 이 와중 방금 전 무산된 자기소개를 태연하게 반복했다.

조세화는 눈앞의 남자가 대체 어떤 사람인지 모르겠단 생각을 하며 김철수의 형식적인 인사를 받았다.

"박사님께 오신단 말씀은 들었습니다. 혹시 박사님의 뒤를 밟으신 건가요?"

조세화의 말에 김철수는 빙긋 웃었다.

"그럴 리가요. 그냥 아는 사람에게 여기 계신단 이야기를 들었을 뿐입니다."

그건 미행보다 더 질이 나쁘다.

조세화가 김철수를 노려보았다.

"단도직입적으로 물을게요. 대체 뭐 하는 분이시죠?"

"……정말로 단도직입적이시군요."

김철수는 머리를 긁적이곤—그 손이 움직이는 걸 근처의 부하들은 예의주시하고 있었다—목소리를 살짝 낮춰 말을 이었다.

"뭐, 이제 와서 숨길 것도 없죠. 안기부에서 나왔습니다."

김철수의 대답에는 '남산 어쩌고' 하는 은유조차 들어 있지 않았다.

그런 솔직함에도 불구하고 김철수가 마치 '저는 커피요.'라고 말하는 투로 뱉은 바람에 양상춘과 조세화는 잠시 김철수의 입에서 나온 말을 해석하고 받아들이느라 잠시 멈칫하고 말았다.

"안……."

"에이, 그렇다고 크게 떠들 이야기는 아니고요."

김철수가 말을 끊어 내자 조세화는 얼른 입을 다물었다가 목소리를 낮췄다.

"······그런 분이 저에게는 무슨 용건이신가요?"

"여러 가지가 있죠. 어젯밤 구봉팔 씨가 겪은 일과도 무관하지 않고요."

"······."

"그전에 커피 한잔 시켜도 되겠습니까?"

김철수의 뻔뻔한 태도를 보며 조세화는 그를 개방된 공간에 불러낸 것이 실책이고, 차라리 방금 전 카페 VIP룸에 그를 들이는 게 낫지 않았을까 싶을 정도로 김철수는 마치 이곳이 제 집 안방인 양 굴었다.

"내가 주문하고 오지."

"아뇨, 앉아 계세요."

조세화가 양상춘을 만류하곤 근처의 수행원에게 눈짓하자 그는 재깍 일어서서 간이 카페 카운터로 발걸음을 옮겼다.

"사 주시는 겁니까? 감사합니다."

"······."

"하긴 제가 지갑을 꺼내려고만 해도 큰일 날 것 같은 상황이긴 하니까요."

김철수는 그렇게 말하며 테이블에 올려 둔 자신의 양팔을 들어 보였다.

"그래서 보시다시피 명함도 꺼내질 못하고 있지 뭡니까, 하하하."

"······."

"뭐, 아무튼."

다라락.

김철수는 손가락으로 테이블을 리드미컬하게 두드린 뒤 말을 이었다.

"제가 두 분을 뵙고자 한 건, 우리 회사에서 하려는 일에 두 분께서 방해를 하실 것 같아서입니다."

김철수가 말한 '회사'란 물론 일산출판사를 의미하는 것은 아닐 터이다.

조세화가 물었다.

"뭘 하시려고 했는데요?"

"저도 지금 그걸 말씀드려야 할지 고민입니다."

김철수가 느긋하게 대답했다.

"이 상황에서 제가 조세화 양에게 '아무것도 하지 마라'고 말한들 그걸 지켜 주실 것 같지도 않으니까요. 그렇다고 아무 행동도 취해 주시지 않으면 그건 그것대로 곤란하거든요."

"……."

순간 무슨 생각에 미쳤는지 조세화가 김철수를 노려보았다.

"혹시 그건 아빠가 죽은 거랑 관련 있는 건가요?"

김철수는 빙긋 웃으며 다라락, 테이블을 리드미컬하게 두드렸다.

"아빠라…… 조설훈 씨 말씀인가요?"

"……."

"그렇다고 하면 어쩌실 겁니까?"

조세화는 왠지 순간적으로 테이블에 올라간 김철수의 손가락을 분질러 버리고 싶다고 생각하며 주먹을 꾹 쥐었다.

김철수는 조세화를 보며 그녀가 제 아버지의 피를 가장 짙게 물려받은 것 같다고 생각했다.

물론 그 아버지라는 건 조성광 회장 이야기다.

'이거, 소문이 사실이었나 보군.'

조성광의 저돌성만을 물려받은 조지훈은 말할 것도 없고, 조성광의 교활함을 물려받았지만 욱하는 성질머리까지 물려받고 만 조설훈에겐 조성광에 준하는 카리스마가 부족했다.

그에 비해 아직 나이가 어려 미숙한 면모가 보이기는 했지만, 조세화에게선 조성광이 군중을 장악할 때 발휘하곤 하던 카리스마가 언뜻 느껴졌다.

'이 장소에 모인 조성광의 예전 수족들은 비단 모시던 상관의 명령이 아니더라도 종국엔 조세화의 편을 들어 주었을 테지.'

김철수는 늦둥이로 본, 그것도 '체면'을 위해 출생을 숨겨 제 아들의 딸로 위장한 조세화가 조성광의 가장 뛰어난 후계자라는 것이 아이러니하게 느껴졌다.

'하다못해 이 꼬맹이가 조세광의 위치만 되었더라도 조광에 지금 같은 혼란은 없었을 텐데 말이야.'

뭐, 그랬다간 김철수가 하는 일에도 적잖은 차질을 빚고 말긴 했겠지만.

어쩌면 말년의 조성광 또한 본능적으로 조세화가 자신의 피를 가장 짙게 물려받았다는 걸 직감하고 있었을지도 모른다. 그 노욕이 조성광으로 하여금 팔을 안으로 굽게 만들어, 그가 남긴 유산 3분의 1을 조세화의 몫으로 남기게 한 것이리라.

'그 인간도 말년에 이르러선 정신이 흐려졌단 의미지.'

김철수는 조세화가 자신에게 비치는 은근한 적의를—아마 범상한 인물이라면 이 꼬마가 내뿜는 위압감에 짓눌리고 말았을 거라고 생각하면서—가볍게 흘려 넘겼다.

"이거 참, 어디서부터 설명을 드려야 할지 모르겠군요."

김철수는 입술에 침도 바르지 않고 능청스럽게 말을 이었다.

"일단 오해가 없도록 전달해 드리자면 저희 회사는 부친의 죽음에 관여하지 않았습니다."

뻔뻔한 거짓말이지만, 그들에겐 거짓말 탐지기까지 속일 수 있는 훈련을 받은 김철수의 말에서 진위 여부를 판가름할 능력이 없다.

"다만 여러분의 '범인 찾기'가 성과를 거둘수록 저희 회사 입장이 난처해진다는 것 정도는 말씀드려야 할 것 같아서 부득이 오늘 이 자리를 빌리고 말았습니다."

조세화는 김철수가 핵심을 말하지 않고 말을 복잡하게 꼬아 빙빙 돌리려 하는 걸 눈치챘다.

"그게 무슨 뜻이죠? 그쪽에서는 아빠의 죽음에 관여하지 않았으면서 한편으론 이번 일이 아빠의 죽음과 무관하지 않고, 또 저희가 하는 일이 안기부가 하려는 일에 훼방을 놓는다고요?"

김철수가 빙긋 웃었다.

"요약정리를 잘하시는군요. 학교 성적도 꽤 좋을 것 같은데요."

"······."

김철수의 솔직한 칭찬에 조세화는 기뻐하지 않았지만, 조세화는 이미 김철수의 수작에 발을 들였다.

김철수가 핵심을 피해 말을 빙빙 꼰 것으로 인해 조세화는 이를 김철수가 '어떤 사실'을 숨기기 위함이라 생각했고, 그 바람에 대전제 중 하나인 '조설훈의 죽음과 안기부는 무관하다.'라는 것이 거짓이라는 것을 놓치고 말았다.

이런 상황에 이어진 김철수의 발언은 조세화로 하여금 당황하게 만들기 충분했다.

"어디 보자, 저희 쪽에서 부친을 살해한 범인이 누구인지 짐작하고 있다면 그건 어떻게 생각하십니까?"

"······예?"

"뭐, 저희도 아직 확신하고 있는 건 아니지만 이 사람이지 않을까, 하는 정황 증거 정도는 확보하고 있거든요."

조세화가 앉은 자리에서 벌떡 일어섰다.

"그게 누구죠?"

지금 당장이라도 김철수의 멱살을 쥐고 그 범인이 누군지 들으려는 조세화를 양상춘이 가볍게 말렸다.

"흥분하지 마."

양상춘이 김철수를 노려보면서 말을 이었다.

"저쪽에서도 아직 확신하고 있는 건 아니라고 했잖나."

"……."

조세화가 떨떠름해하며 자리에 앉았고, 김철수는 그제야 양상춘을 조금 의식하기 시작했다.

'……이거, 장자방이 옆에 붙었나? 조금 신중해야겠군.'

김철수는 양상춘에게 빙긋 미소를 지었다.

"감사합니다. 덕분에 다음 이야기를 진행할 수 있겠군요."

"……."

양상춘은 양상춘대로 김철수를 내키지 않는다는 티를 팍 팍 내고 있었지만 김철수는 아랑곳하지 않았다.

"어쨌건 저희가 혐의를 두고 있는 인물이 누구라는 이야기는 조세화 양이 어떻게 나올지를 확인한 뒤 말씀드릴 생각입니다. 저희도 이번 일에 조세화 양의 협조를 구할 수 있다면 금상첨화겠단 생각을 하고 있어서요."

"……."

조세화는 이 자리에 협상 결정권을 쥔 것이 김철수라는 걸 눈치챘다.

"제가 도와드릴 일이 있나요?"

"말이 잘 통하는 것 같아 다행이군요."

김철수가 미소 띤 얼굴로 말을 이었다.

"일단······ 조세화 양도 어젯밤 구봉팔 씨가 괴한에게 습격당했다는 뉴스는 알고 계시리라 봅니다."

아까도 들은 거지만, 극소수만 알고 있는 일을 아무렇지 않게 언급한 김철수를 보며 조세화는 내심 공포와 불쾌감을 느꼈다.

"그래요."

"어떻게 알았는지 궁금하지 않으십니까?"

"······어떻게 알았는데요?"

"지금 구봉팔 씨 곁에 있는 강이찬이 저희 쪽 요원이거든요."

'강이찬이?'

믿는 도끼에 발등 찍힌다더니, 조세화는 강이찬이 안기부 요원이란 사실에 충격을 받은 것보다 일단 어처구니가 없어서 잠시 할 말을 잊었다.

"전혀 모르고 계셨나 보네요."

"······그거, 성진이도 알고 있어요?"

김철수가 고개를 갸웃했다.

"성진이?"

김철수는 뒤이어 씩 웃으며 다라락, 손가락으로 테이블을 두드렸다.

"아, 그 꼬마요. 그 꼬마는 제가 뭐 하는 줄도 모를 건데요."

"……아는 사이라고 들었는데요."

"면식이야 있죠. 그야……."

김철수가 의자에 등을 붙였다.

"그도 그럴 것이 이성진 사장님은 저희가 사회적 신분으로 내세우고 있는 일산출판사를 인수해 버리지 않았습니까? 이거 참, 그땐 저희도 깜짝 놀랐습니다. 하하."

"……."

"뭐, 그때부터 혹시 다른 꿍꿍이속이 있는 것은 아닌가 싶어서 저희 측 요원을 그 꼬마에게 붙여 두었죠. 솔직히 말씀드리면 그때만 하더라도 여기 계신 분들과 이런 식으로 엮일 줄은 상상도 못 했지만 말입니다."

즉, 이성진에게 사람을 심어 둔 건 어디까지나 우연……이었다는 의미인가?

조세화가 미심쩍어하자 양상춘이 대신해서 그 의심을 풀었다.

"이성진이 일산출판사를 인수하려 한 건 사업 초창기부터 계획한 일이더군. 내게 맡기려는 일도 진심으로 사업을 진행할 계획이었고."

"정말입니다."

김철수는 이때다 싶어 맞장구를 쳤다.

"처음에는 저도 깜짝 놀랐다니까요. 여기 계신 양상춘 박사님을 낙하산으로 꽂아 넣다니, 설마 저희 정체가 탄로 난건 아닌가 하고요. 하지만……."

"그러면 오늘 사장 대리로 저희를 맞이한 것도 그 의심의 연장선이었습니까?"

김철수가 고개를 끄덕였다.

"바로 그겁니다. 나 참, 별 볼 일 없이 오래되었을 뿐인 출판사에 무슨 매력을 느꼈는지. 저희도 오늘에서야 이성진 사장님의 본의를 알게 되었지만 말이에요."

김철수의 말만 들으면 이성진이 일산출판사를 인수한 건순수하게(?) 사업을 할 계획뿐이었다는 것이 된다.

'그렇다고는 해도, 너무 잘 맞아떨어지지 않나?'

아마 양상춘이 오늘 출판사를 방문해 오리엔테이션을 받지 않았다면 그 의심을 확장해 나갔을 것이지만, 오늘 이성진으로부터 그 사업 계획을 듣고, 또 일산출판사의 내부 구조를 듣고 나니 그도 '온라인 서점'을 만들고자 하는 이성진의 계획에 일산출판사의 역사와 전통이 필요한 일임을 알게 되었다.

'그것도 공교롭다면 공교로운 일이지만…….'

양상춘이 그래도 의심을 완전히 거두지 않고 생각을 이어가려는 찰나, 김철수가 자신의 이마를 탁 하고 쳤다.

"아 참, 이걸 먼저 말씀드린다는 걸 깜빡했네요. 방금 한 이야기는 비밀로 해 주시겠습니까?"

"뭘요?"

조세화가 그 나이 여자애답지 않은 미소를 지었다.

"강이찬 씨가 실은 안기부 요원이었고, 성진이가 인수한 출판사가 실은 안기부의 위장 신분이라는 점 말인가요?"

"이번에도 요약정리 감사드립니다."

김철수는 조세화의 비아냥거림에 아랑곳하지 않고 고개를 꾸벅 숙이기까지 했다.

"아무리 저희가 의도치 않았다고는 하나 민간 사찰을, 그 것도 삼광을 등에 업고 있는 이성진 사장님을 감찰하고 있었 다는 게 드러나면 여러모로 곤란하거든요."

의도치 않았다고?

'뻔뻔하기는.'

조세화가 표독스럽게 김철수의 말을 받았다.

"그건 앞으로 김철수 씨가 어떻게 나올지를 확인한 뒤에 결정하죠."

거참, 방금 이쪽이 뱉은 대사를 그대로 돌려주다니.

'이런 걸 보면 애는 애다 싶네.'

김철수는 잔잔한 미소를 지은 채 고개를 끄덕였다.

"뭐, 좋습니다. 어차피 이번 일에 우리의 이성진 사장님은 무관하기도 하고."

그는 은근슬쩍 이성진을 '이번 일과 무관한 인물'로 분류해 치워 두며 말을 이었다.

"아무튼, 요즘 들어서 마약 청정국으로 분류되어 있던 국내에 마약 밀반입이 부쩍 늘어났습니다."

김철수의 말에 조세화와 양상춘은 갑자기 무슨 이야기인가 싶어 눈을 깜빡였다.

"네? 그게 무슨⋯⋯."

"그만할까요?"

"⋯⋯아뇨, 계속해 주세요."

김철수는 고개를 끄덕인 뒤 말을 이었다.

현재 안기부에서는 광남파라는 곳이 국내에 마약을 들여오는 조직으로 의심하고 있다는 것, 그리고 광남파와 광금후 사이에 모종의 커넥션이 의심된다는 이야기까지 들은 조세화는 미간을 찌푸렸다.

"⋯⋯그러면, 아빠를 죽인 건⋯⋯."

거기서 김철수가 선을 그었다.

"아직 그렇다고까지 말씀드리지는 않았습니다. 물론 그 시일을 전후해 광금후 씨의 계좌에서 꽤 많은 돈이 인출된 것은 사실이지만요."

그건 사실상 대놓고 광금후를 지목한 것이 아닌지?

이 일을 남의 일로 취급하며 냉정하게 바라보는 양상춘과 달리 조세화는 지금 당장이라도 부하들을 시켜 광금후를 붙잡아 올 것처럼 보였다.

"뭐…… 이건 소문이긴 한데 조설훈 씨가 살해된 당일 오전 개최된 조광의 긴급회의 때에도 광금후 씨는 조설훈 씨에게 공공연히 시비를 걸었다더군요. 아무래도 그건 조광 그룹 내부에서 벌어진 일이니 저희도 자세히는 파악하지 못하고 있습니다만."

"……."

주먹 쥔 손이 새하얗게 될 정도로 파르르 떠는 조세화를 대신해 양상춘이 대신 물었다.

"즉, 안기부에서는 지금 조설훈 씨를 살해한 원흉으로 광금후란 인물을 의심하는 중입니까?"

"……따님 앞에서 이런 말씀을 드리긴 뭣합니다만, 당시 조광 그룹 내에 조설훈 씨와 조지훈 씨를 제외하고 그 다음가는 세력을 형성하고 있는 것이 광금후 씨였습니다. 뭐, 설마하니 광금후 씨도 조세화 양에게 유산 상속 지분이 있다는 건 꿈에도 몰랐던 모양이지만요."

조세화가 싸늘한 얼굴로 김철수의 말을 받았다.

"즉, 아빠의 죽음은 저희 그룹의 차기 오너 승계 문제와 엮여 있다는 건가요?"

김철수가 어깨를 으쓱였다.

"솔직히 말씀드려서 저희는 조광의 차기 오너가 누가 되건 상관하지 않습니다. 다만 그것이 장기적으로 국가에 해를 끼친다고 판단이 설 경우 개입하는 것을 원칙으로 삼고 있죠."

"그러면……."

김철수는 차분히 말을 이었다.

"지금 그 일을 좀 더 명확히 알아보기 위해 강이찬 요원이 구봉팔 씨와 함께 지방에 내려간 상황입니다. 그리고 이 일과 관련해 조세화 양이 조금 자제해 주셨으면 하는 것이 제가 이 자리를 찾아온 까닭이고요."

김철수의 말에 양상춘은 그가 조세화를 찾아와 협상하려는 내용이 무엇인지 눈치챘다.

'그렇군. 저들은 지금 광남파라는 범죄 조직을 집어삼켜 보려고 하는 건가.'

막말로 조광에서 광금후를 제거하고 광남파란 곳을 일망타진해 버리는 건 그렇게 어려운 일도 아니다.

광금후라는 인물이 차기 조광의 오너 자리를 노리는 야심만만한 인물이라 할지라도 그는 조설훈과 조지훈 다음가는 권력을 가진 인물치고는 두 형제에 비해 그 격차가 컸고, 광남파가 마약에 손을 대고 있다고는 하나 전국구 조직인 조광에 비하면 보잘것없는 데다가 그들이 이토록 막 나갈 수 있었던 것 역시 어디까지나 교통관리(?)를 하던 조광이 현재 혼란기라는 점이 컸다.

거기에 더해 요즘 안기부의 힘이 예전만은 못하다고 하나, 썩어도 준치라고 한때는 명색이 나는 새도 떨어트릴 정도의 조직이었으니 지금도 작정하면 음지에 있는 사람 하나둘 정도 입 다물게 만드는 것도 가능할 것이다.

'하지만 그렇게 하지 않은 건 안기부에서 다른 꿍꿍이가 있다는 거지.'

없애는 건 손쉬워도 손에 넣는 건 어렵다.

하물며 마약 같은 건 '수입'에 의존해야 하는 상품(?)이며, 해외에서 물류를 들여오는 조직이 건재한 이상 광남파 같은 중간 조직을 없애 봐야 결국 새로운 마약 조직이 탄생할 뿐.

'즉, 안기부는 조세화 측이 어젯밤 구봉팔을 습격한 범인을 찾다가 사건의 진상에 다가가기 전에 먼저 거래를 제안해 온 거야.'

그러니 안기부는 지금 '조광'이 그들이 계획한 것보다 앞서 가기 전, 차라리 국내 범죄조직의 탑에 위치한 조광에 협조를 구하는 방식을 택한 것이리라.

양상춘은 안기부가 이처럼 미온적으로 나온 이유가 대한민국 문민정부에 들어선 이후 변화한 안기부의 입지 때문이라고 생각했다.

애당초 그들의 설립 취지는 대북 첩보 및 그들에 대한 국내 안보 강화이며, 이전까지는 정권을 등에 업고 '안보'라는 명분하에 힘을 휘둘러왔다.

하지만 지금 북한은 '고난의 행군' 이후 어떻게 돌아가는지도 애매할뿐더러 얼마 전에는 김일성도 죽고 김정일 체제로 들어가며 혼란스러운 정국.

국제적으로는 공산당이 몰락, 바르샤바조약으로 묶어 둔 공산권 국가들이 줄줄이 이탈하며 힘의 균형은 자유민주주의 이데올로기의 첨병인 미국을 향해 가고 있다.

이런 상황에 정권까지 바뀌고 안기부는 제 가치를 새로이 증명해야 했으니, 김철수가 속한 조직은 국내 범죄 조직을 통제하고 관리하는 방향으로 초점을 맞춘 것이리라.

'이제 빨갱이 몰이는 더 이상 통하지 않는 시대가 왔다는 거지.'

한편 김철수는 양상춘의 표정을 보며 그가 이 자리의 목적을 눈치챘음을 알아보았다.

"박사님께서는 사정을 짐작하신 것 같군요."

"예? 아, 뭐……."

양상춘이 떨떠름해하며 김철수의 말을 받았다.

"아직까진 어림짐작일 뿐입니다."

"그래도 저희 사정에 공감해 주시는 분이 계시다는 건 크나큰 위안이 되죠."

"……."

공감한다고까진 생각 안 했는데.

조세화가 양상춘과 김철수를 번갈아 보았다.

"무슨 이야기죠?"

"아, 실례했습니다."

김철수가 능청스럽게 조세화의 말을 받았다.

"세화 양이 협조해 주신다면 여기서 저희와 '거래'를 해 보는 건 어떨까 해서요."

"거래라니……."

조세화가 미간을 찌푸렸다.

"제가 이미 아빠를 죽인 범인이 누군지 아는 상황에서요?"

김철수가 멋쩍은 듯 머리를 긁적였다.

"하하, 이럴 줄 알았으면 이쪽이 가진 패를 보이기 전에 이 말씀을 드릴 걸 그랬군요."

조세화는 어느새 조설훈을 살해한 원흉이 광금후라고 확정한 모양이었다.

양상춘은 이들이 광금후를 진범이라고 확정한 상태에서 대화를 이어 가기 시작했다는 것에 모종의 위화감을 느꼈지만 일단은 입 다물고 있기로 했다.

지금 그가 끼어들어 봐야 이야기가 복잡해지기만 할 뿐인데다가, 조설훈을 살해한 진범을 찾는 일에는 양상춘도 지금은 뾰족한 수가 없었으니까.

"……이야기는 들어 보죠."

"감사합니다."

조세화의 퉁명스런 말에 김철수가 고개를 살짝 숙였다.

"사실 저희가 세화 양을 찾은 이유는 세화 양 측이 지나치게 유능하기 때문이기도 합니다. 아마 세화 양이 가진 인력과 정보력이면 구봉팔을 습격한 범인이 누구란 걸 알아내는 것쯤은 시간문제라고 생각했거든요."

욕인지 칭찬인지 모를 소리로 조세화를 추켜세운 김철수
는 뜸을 들였다가 말을 이었다.

"그 와중 덜컥 덜미를 잡힌 광금후와 광남파 쪽에서 세화
양을 경계하게 된다면 어디론가 숨어 버릴지도 모르고요."

"……설마 그 정도 대비도 하지 않을까 봐요?"

"사람 일이란 모르는 것 아니겠습니까. 그리고 저희는 세
화 양이 광남파를 일소하는 건 바라지 않습니다."

"……네?"

"이제 양상춘 박사님이 방금 전 생각하신 내용이 나올 차
례입니다만, 말주변이 부족한 저보단 박사님의 설명을 들어
볼까요?"

김철수는 뻔뻔하게 바통을 넘겼다.

'……책임 소재를 회피하려는 건가.'

이들 역시 공무원은 공무원이군.

양상춘은 쓴웃음을 지으며 마지못해 입을 뗐다.

"내 생각에 안기부는 광남파를 이용할 생각으로 보인다."

"……거길 왜요?"

"아까 말한 마약류 취급과 무관하지 않은 이야기지. 안기
부 입장에선 광남파를 일소해 봐야 제2, 제3의 광남파가 나오
지 않으리란 보장이 없을 테니까."

"아."

김철수가 고개를 끄덕였다.

"그리고 이런 상황이 벌어져도 조광은 예전 같지 않을 테고요."

조세화는 그제야 방금 전 저들의 나눈 의미 모를 대화가 무슨 뜻이었는지 눈치챘다.

김철수도 지적했듯—이후 조광이 어떤 회사로 탈바꿈하게 될지는 미지수이나—확실한 건 조광도 예전 같지는 않을 것이란 의미 또한, 그녀는 이해했다.

여기서 '예전 같지 않다'는 건 조광이란 회사의 규모만을 의미하는 것이 아니다.

조성광의 사후, 조광은 이제 반쯤 범죄 조직에 가깝던 과거를 일신하고 번듯한 합법 사업체로 거듭날 변혁의 계기를 맞이한 것이나 진배없다.

그건 조설훈이 살아 있었더라도 변하지 않았을 것이다.

전생의 조설훈 또한 그들이 합법적인 사업체로 거듭나기 위해 대규모 숙청과 구조 조정을 거쳤고, 조설훈에게 그런 조짐이 있다는 건 '원래 역사'를 모르는 사람들도 짐작하고 있을 정도로 이미 차근차근 진행되던 일이다.

사실상 생전의 조설훈과 조지훈이 대립각을 세운 것도 조광이 합법적 사업체로 거듭나려는 과정에 빚어진 진통에 다름없는 것으로, 조광 내부의 파벌 다툼은 단순히 조설훈이나 조지훈이라는 각각의 인간을 중심으로 뭉친 것이 아닌, 급진

개혁파를 대표하는 조설훈과 온건 개혁파를 대표하는 조지훈 사이에서 회사의 방향성을 두고 벌어진 투쟁이었던 것이다.

그러나 조설훈이나 조지훈, 둘 중 누가 조광의 후계자로 책정되건 간에 조광이 '예전 같지 않으리라는 것'은 분명했다.

조광은 더 이상 전국구 조폭이 아닌 합법적 사업체를 경영하는 건실한 기업으로 탈바꿈할 것이었고, 이는 조성광이 생전에 계획한 것이기도 했다.

세간에선—이성진을 포함해—조성광이 조설훈 또는 조지훈 둘 중 한 사람에게(조세화는 차치하고) 힘을 실어 주지 않고 유산을 나눈 것을 두고 말년에 이르러 잔정이 많아진 것이라 오해하고 있지만, 조성광의 유언장은 그런 감정적인 이유로 작성된 것만은 아니었다.

조성광은 조성광대로 '두 형제'에게 싸움을 집중시켜 어쨌건 '개혁의 이름하에' 회사가 변혁하는 것을 노렸고, 그 싸움의 틈새엔 기존의 수구들이 끼어들 틈이 없게 만들었다.

여기서 조성광의 착오라면 두 형제의 싸움이 도를 지나쳐 서로를 향해 총부리를 겨눌 지경에 이르는 것까진 상정하지 못했다는 것으로, 상황이 꼬일 대로 꼬인 지금은 그가 파 놓은 2중 3중의 보험이 모두 빗겨가 그가 숙청하고 싶어 하던 구태의연한 구시대의 유물들이 기지개를 켜게 만드는 상황으로 이어진 것이었다.

조세화도 그런 속사정까지는 짐작하지 못했지만 그녀는

본능적으로 이 상황이 조광이 지향할 미래상에서 벗어난 무언가라는 걸 깨닫고 있었다.

"세화 양도 얼추 이해하신 모양이군요."

김철수가 빙긋 웃었다.

"존중을 담아 드리는 말씀입니다만, 얼마 전 작고하신 조광그룹의 선대 회장님은 현명하신 분이셨죠. 그분은 손쉽게 돈을 벌 수 있는 방법이 있음에도 그러지 않았을 뿐만 아니라, 국내에 마약류가 유통될 여지를 차단하시기도 했거든요."

양상춘은 김철수의 말을 들으며 속으로 냉소했다.

'조성광이 마약에 손대지 않은 건 어디까지나 그게 하이리스크 하이리턴이기 때문이지, 그에게 딱히 일선을 넘어서는 안 된단 도덕적 관념이 있어서가 아니야.'

주지하듯 마약은 수입에 의존하는 사업(?)이다.

소위 히로뽕이라 불리는 메××××민 계열 마약은 양상춘도 이론으로 제작 방법을 알고 있을 정도이지만, 가성비로 따지면 이 시대의 주류는 어디까지나 코×인이다.

그리고 이 시기 코×인은 남미의 마약 카르텔 측이 전 세계 공급을 좌지우지하고 있으며, 이들이 수출(?)하는 막대한 물량은 미국으로서도 골머리를 싸매게 만들 정도였다.

그렇다면 만약 조성광이 코×인을 적극적으로 수입해 들여왔다면 어떻게 되었을까.

정부와 대립각을 세우는 건 둘째치더라도 코×인을 들여

오는 해외 범죄 조직이 국내에 입성하는 계기를 만들지도 모른다. 또 방금은 편의상 정부와 대립을 둘째 쳤지만 얼마 전까지만 하더라도 대한민국은 반쯤 군사정부나 다름없던 국가였다.

설령 어느 정도 범행은 눈감아 주더라도—물론 거기엔 막강한 자금력을 바탕으로 한 무수한 로비를 곁들였겠지만—마약만큼은 막강한 힘을 가진 정부와 전면전을 각오해야 할지 모를 중대 사안이며—하물며 미국이 예의주시하는 나라인데—이는 한때 유행한 카지노 사업권 수주 따위처럼 로비로는 무마할 수준이 아닌 것이다.

'그러니 조성광이 미치지 않고서야 마약에 손댈 리도 없고, 부하가 손대 괜한 불똥이 튈지도 모르니 마약에 대해서만큼은 엄포를 놓을 만도 하지.'

반면 지금은 정부 입장에서도 시기가 좋지 않다.

문민정부의 대내 통제 능력은 예전만 못한 데다, 폭풍의 핵인 조광 그룹 내부는 지금 춘추전국시대를 방불케 하는 내부 싸움에 돌입하기 직전.

조직을 관리하는 힘이란 곧 자금에서 나오며, 마약 밀매는 이 자금을 가장 빠르고 손쉽게(?) 넣는 방법 중 하나다.

그러니 야심만만한 광금후가 마찬가지로 전국구로 거듭나고자하는 광남파와 손잡고 조광을 집어삼키고자 한다면 정부 입장에서도 마냥 손 놓고 있기 뭣한 것이다.

'여기서 안기부가 그 교통정리를 자처하려 하는 건 여러 의미로 어떤가 싶긴 하지만.'

한편 조세화는 존경하는 조부를 올려친 김철수의 말에 조금 기분이 좋아졌는지 약간 호의적으로 나왔다.

"……그러면 백번 양보해서 김철수 씨의 말대로 한다고 할 때, 제가 뭘 도와드릴 수 있다는 건가요?"

"별로 어렵지 않습니다."

김철수는 김철수대로, 조세화의 단순함을 흔쾌히 이용했다.

"저희 쪽에서 별도의 부탁이 있을 때까지, 한동안 가만히 계셔 주기만 하면요."

그렇게 말하고 김철수는 다시, 손가락으로 테이블을 다라락, 두드렸다.

3장

"커피가 나왔군요."

김철수의 말에 조세화와 양상춘이 고개를 돌렸다.

커피는 늦게 도착했다.

아니, 좀 더 정확히 이야기하자면 그들은 커피 세 잔이 나오기 전까지 짧은 시간 동안만 대화를 나누었다는 것에 가까울 것이다.

김철수는 커피를 가져 온 조세화의 수행원에게 미소를 빙긋 지어 보이곤 찻잔 받침에 딸려 온 각설탕 두 개를 커피 속에 집어넣었다.

그러고도 설탕이 부족했는지, 그는 양상춘과 조세화 몫의 각설탕까지 받아 커피 잔 속에 빠트리곤 이를 티스푼으로 휘

휘 저어 한 모금 마셨다.

'엄청 달겠네.'

동시에 이제 그가 손가락으로 테이블을 두드리는 꼴을 보지 않아도 될 것 같다고 생각하며 조세화는 한 모금 마신 커피 잔을 내려놓았다.

"그러면 저희 구봉팔 이사에게 강이찬 씨가 실은 누구인지 밝히는 것도 안 되나요?"

"예, 그것도 포함해서요."

김철수가 커피 잔을 내려놓으며 입술을 핥았다.

"세화 양은 저라는 사람을 만난 적도 없고, 오늘은 아무 일도 없었다고 생각해 주시면 감사하겠습니다."

"……"

"어렵지 않겠죠?"

그야 어려운 일은 아니지만 조세화는 찝찝한 기분을 떨치기가 어려웠다.

"좋아요."

조세화가 말을 이었다.

"단, 이 일을 거래라고 하셨으니 제 쪽에서도 상응하는 대가를 받았으면 좋겠는데요."

"……흐음, 부친의 원수가 누구인지를 알려 드린 것으론 부족합니까?"

조세화가 입꼬리를 올렸다.

"제 생각에 그건 김철수 씨의 도움 없이도 해결될 문제라고 봤거든요."

"하하, 이거 참."

김철수가 웃었다.

"좋습니다. 저희가 양보하죠. 뭘 원하십니까? 이왕이면 제 선에서 해결 가능한 이야기였으면 합니다만."

조세화는 기다렸다는 듯 김철수의 말을 받았다.

"두 가지예요."

"두 가지나 됩니까?"

"……."

"실례했습니다. 계속하시죠."

조세화는 김철수를 흘겨본 뒤 말을 이었다.

"하나는 광금후 그 사람의 처분 권한은 이쪽에 넘길 것."

조세화의 말에 김철수는 잠시 생각에 잠겼다가 턱을 긁적였다.

"아무리 그가 부친의 원수라도 너무 요란하게 죽이면 안 됩니다만."

아무렇지도 않게 사람을 죽인단 말을 입에 담다니.

조세화는 순간적으로 벌레가 팔뚝을 기어오르는 것 같은 혐오감을 느꼈지만 이 느낌을 애써 떨쳤다.

"그런 건 제가 알아서 할 테니 걱정하실 거 없어요."

"흐음……."

김철수는 손가락으로 테이블을 다라락—그걸 보며 조세화는 '저걸 또 하네' 하고 생각했다— 두드렸다.

그 뒤로 잠시 뜸을 들인 김철수가 입을 뗐다.

"그 문제는 여차하면 우리 쪽에서 개입할 수 있다는 걸 전제로 해 주신다면 고려해 보겠습니다."

"……."

"두 번째는요?"

아직 첫 번째 제안에 대한 확답도 듣지 못한 상태였지만, 조세화는 내심 '이쪽에서 사람을 심어 둬야겠다.'라고 생각하며 대답했다.

"성진이한테서 손 떼세요."

"……."

김철수는 눈을 가늘게 떴다가 그 눈을 눈웃음으로 고쳤다.

"안 됩니다."

"……."

여기 와서 줄곧 두루뭉술하게 말하던 김철수의 보기 드문 확답이었다.

김철수 스스로도 그걸 느꼈는지 그는 머리를 긁적였다가 몸을 앞으로 기울였다.

"게다가 그 문제는 세화 양의 고려 대상이 될 수 없다고 봅니다만."

"없지 않아요. 그쪽에서도 성진이랑 제가 앞으로 뭘 할 건지 정도는 파악하고 있을 텐데요?"

"그게 마음에 걸리신 거라면 걱정하실 거 없습니다. 세화 양은 평소대로 지내시기만 하면 그만이고, 지금껏 그래 왔듯 앞으로도 저희는 두 분의 사업에 개입하지 않을 겁니다."

"……."

그럼에도 조세화가 물러서지 않는 기색이자, 김철수는 휴 우, 가벼운 한숨을 내쉬었다.

"그러면 이렇게 하죠. 이 일이 끝나고 강이찬 요원은 회사 에서 제명하겠습니다."

"그 말씀은 혹시……."

"지금 무슨 오해를 하시는 건지 모르겠는데, 말 그대로 제 명만 한다는 겁니다. 이후로 그는 안기부 소속이 아니게 될 것이며, 이는 곧 우리와 연결이 끊어질 거란 의미죠."

그 말인즉, 강이찬이 내부 정보를 안기부 측에 흘리는 일 은 더 이상 없을 거란 의미였다.

다시 말하면 지금껏 강이찬이 이성진에 대한 정보를 안기 부에 흘려 왔다는 것도.

"그 뒤로 이성진 사장님이 강이찬 요원…… 아니지, 그땐 그냥 강이찬 씨가 될 뿐이군요. 아무튼 그에 대한 고용 관계 를 유지하는 건 이성진 사장님 개인의 선택에 맡기겠습니다."

김철수가 진지한 표정을 고쳐 웃으며 덧붙였다.

"강이찬 씨도 어쨌거나 먹고살아야 하지 않겠습니까?"

"……."

그걸 농담이라고 한 거라면, 받아 주기 힘든 농담이라고 조세화는 생각했다.

"그러면 그쪽에서 약속을 이행했다는 걸 저희가 믿을 근거는요?"

"그 말씀은 조금 서운하네요. 이 자리는 처음부터 상호 간의 신뢰를 바탕에 둔 자리잖습니까?"

"……."

"흠, 그럼 이렇게 하죠. 강이찬 씨가 이성진 사장님께 자신이 실은 누구였다는 걸 밝히게 하겠습니다."

김철수의 말은 조세화가 생각하기엔 꽤 파격적인 제안이었다.

"그러면…… 그쪽 입장이 곤란해지지 않겠어요?"

"그럼요. 제가 할 수 있는 선에서는 최대한 양보해 드린 겁니다."

물론 이성진이 이미 알 거 다 알고 있다는 걸 아는 김철수 입장에서는 전혀 손해 볼 것 없는 제안이지만.

"대신 저희가 양보한 첫 번째 제안에 대해서는 철회해 주셨으면 합니다."

애당초 확답하지도 않았고, 양보했다는 인상도 주지 않으면서 김철수는 뻔뻔하게 말을 이어 갔다.

"아니면 세화 양 쪽에서 철저하게 마무리를 지어 주실 거란 확신을 주시든가요."

김철수의 말은 광금후의 죽음을 전제로, 그를 '자연스럽게' 처리할 수 있느냐는 걸 물은 것이었다.

그 전제를 파악하고 있는 조세화로서는 또다시 진득한 불쾌감을 느꼈지만, 이번에도 그녀는 이를 내색하지 않을 수 있었다.

"왜요. 광금후가 살아있으면 곤란하기라도 한가요?"

"이거 참, 말씀이 직접적이시군요."

김철수는 되레 능청스럽게 조세화의 말을 받았다.

"광금후에 대해 저희가 약속드릴 수 있는 건, 그가 두 번 다시 세상에 영향력을 행사할 수 없게 한다는 것 한 가지뿐입니다."

"……."

이거나 저거나.

광금후가 해외 어디론가 도피해 '연락이 두절'되더라도 그건 조세화가 상관할 바 아니라는 의미일 것이다.

"……좋아요. 그럼 강이찬 씨에 대해서만 받아들이는 것으로 마무리 짓죠."

"조금 곤란하기는 했습니다만 이 정도 선에서 납득해 주신다니 다행이군요."

김철수는 빙긋 웃으며 커피 잔을 비웠다.

"커피 잘 마셨습니다."

김철수가 자리에서 일어서자 주위에 앉은 수행원들이 일제히 고개를 돌렸고, 김철수는 그런 그들의 모습에 쓴웃음을 지으며 조세화를 보았다.

"오늘은 자리가 변변치 않았습니다만, 다음에 뵐 땐 좀 더 조용한 곳이 좋겠군요."

"……또 뵐 일이 있다면 말이지만요."

"하하, 그것도 그러네요. 그럼요, 저 같은 사람은 될 수 있는 한 만나지 않는 편이 좋죠."

김철수는 웃음으로 조세화의 말을 받았다.

조세화는 왠지 모르게 방금 그 말이야말로 그가 드러낸 첫 본심은 아닐까, 하고 생각했다.

"그럼, 바쁘신 분들 시간을 뺏어서 실례했습니다."

"……아뇨."

김철수는 그런 뒤 아무렇지도 않은 듯 호텔을 나섰고, 그 모습이 보이지 않게 되어서야 조세화는 길고 긴 한숨을 내쉬며 커피 잔을 들었다.

"정말, 뭐가 뭔지……."

조세화는 나지막이 푸념을 중얼거렸고, 양상춘은 문득 무슨 생각을 했는지 테이블 아래에 손을 넣었다.

"뭐 하세……."

툭.

양상춘이 테이블에 올려둔 것을 본 조세화는 멍한 얼굴로 그를 보았다.

"이게 뭐죠?"

"몰라."

양상춘은 테이블 위의 기계장치를 보며 진심으로 대답했다.

"한 가지 확실한 건, 이 비슷한 장치가 다른 테이블에도 붙어 있을 거란 거지."

"……."

자리를 고른 것이 조세화이니, 그는 처음부터 모든 자리에 이 '기계'를 붙여 두었을 것이다.

조세화가 수행원에게 눈짓하자 부하들은 일제히 양상춘이 했던 대로 테이블 아랫면을 손으로 더듬어 기계장치를 떼어 냈다.

양상춘이 추리한 대로였다.

조세화는 그 즉시 김철수가 나간 호텔 입구를 쳐다보며 목소리를 낮췄다.

"도청기인가요?"

도청 장치에 대해 불쾌한 기억뿐인 조세화의 인상은 험악했다.

"아니……."

그사이 기계를 살피던 양상춘이 턱을 긁적였다.

"그 정도로 복잡한 장치는 아니고, 아마 테이블의 진동 신호만을 발신하는 장치인 것 같군."

"진동…… 아."

조세화가 인상을 구겼다.

"그냥 손버릇이 나쁜 사람이라고만 생각했는데."

"……음."

여느 트릭이 그렇듯, 결과만 알고 나면 별거 아니었다.

김철수는 이따금 테이블을 두드리는 것으로 '누군가'에게 신호를 보냈고—김철수가 귀에 뭘 꽂고 있거나 하지는 않았으니—상대는 창밖이나 호텔 어디쯤에서 불빛으로 지시를 내렸으리라.

'모스 부호 같은 거겠지.'

그렇다고 모스 부호처럼 대중적으로 알려진 것이 아닌, Yes or No 정도만을 신호로 보내는…….

'안기부는 안기부란 건가.'

그 목적도 불명확한 지금, 확실한 건 '한 방 먹었다'는 느낌뿐이지만.

'호락호락하지 않군. 뭐, 이 장치를 내게 들킨 것부터가…….'

그때, 양상춘의 품속 핸드폰에 진동이 왔다.

"내용을 확인해 봐도 될까?"

"……그러세요."

양상춘이 핸드폰을 열어 문자메시지를 확인했다.

"뭐래요?"

"……깜빡한 물건이 있으니 회사에서 만나면 돌려 달라는 군."

"……뻔뻔하네요."

"그러게 말이야."

회사로 돌아오니 전예은이 내게 채한열의 연락이 있었다는 걸 보고했다.

'아 참, 그 문제도 있었지.'

오늘은 바이올린 신동에 대한 것뿐만 아니라 윤아름의 드라마 출연에 곽성훈의 면접, 그리고 안기부 요원 김철수와 만남까지 꽤 많은 일이 한꺼번에 쏟아진 바람에 확인이 늦었다.

'게다가 백하윤은 어째 그 뒤로 연락도 없고.'

마침 시계를 보니 슬슬 채한열이 있는 미국이 하루를 시작할 시간이긴 했다.

'그 문제는 어떻게 처리됐는지 채한열에게 들어 볼까.'

나는 사장실 책상에 놓인, '바이올린 신동'이 녹화된 비디오테이프를 힐끗 쳐다보곤 채한열에게 전화를 걸었다.

-Hello.

오전에 들었을 때와 달리 채한열의 목소리가 꽤 생생했다.

"안녕하세요, 아저씨. 이성진입니다."

ㅡ아, 그래. 마침 연락 기다리고 있었다.

그 목소리가 생생했던 것이 비단 피로를 회복해서만은 아닌지, 수화기 너머 채한열은 꽤 들뜬 목소리로 말을 이었다.

ㅡ일단 이 말부터 해야겠구나. 고맙다.

고맙다?

나는 채한열의 감사가 다소 의아했다.

'감사받을 만한 결과가 있었나?'

내가 한 거라곤 고작해야 백하윤에게 비디오테이프를 보여 준 것밖에 없는데.

'백하윤이 뭔가 했나 보군.'

나는 순간 알고 있는 척해 볼까 했다가 굳이 그럴 필요가 없다는 생각에 솔직한 심정으로 물었다.

"무슨 일 있나요?"

ㅡ응? 아직 못 들었냐? 이미 국장님이랑도 통화를 마쳤는데.

CBS 국장이랑 통화도 했다고?

'그게 국장 선까지 보고가 올라간 이야기란 건가.'

나는 머리를 긁적이며 채한열의 말을 받았다.

"죄송해요. 저는 선생님께 비디오만 보여 드렸을 뿐이고 그다음부턴 일이 어떻게 진행되었는지 전혀 모르거든요."

ㅡ아…… 그랬구나. 미안하다. 아저씨가 좀 앞서갔네.

멋쩍게 사과한 채한열이 말을 이었다.

—그러면 시간순으로 이야기하마. 어디 보자. 우선 백하윤 선생님께 연락을 받은 일부터…….

그리고 채한열은 백하윤이 영상 속 여자애를 직접 만나 보기 위해 미국행 비행기에 올랐다는 것을 말했다.

'미국? 오전만 하더라도 한국에 있었던 사람이?'

나는 채한열의 이야기를 들으며 책상에 놓인 비디오테이프를 집어 들었다.

'그 꼬맹이가 어지간히도 마음에 들었나 보네.'

채한열은 뒤이어 국장이 자신에게 직접 전화를 걸었다는 이야기를 했다.

—그래서 나더러 한국에 오거든 신규 시사 교양 프로그램 총괄직을 맡아 줄 수 없냐고 하더군.

그렇다고 하니 그가 내게 감사를 표하는 것도 이해가 갔다.

그렇지 않고서야 채한열의 '감사'는 어디까지나 재능 있는 신인을 발굴한 방송 관계자와 사업가 사이에 오가는 형식적인 체면치레에 그치는 것이 고작일 테니까.

"잘됐네요. 축하드려요."

—그렇지. 원래라면 선아가 고등학생 때쯤 돌아갈 줄 알았는데 예정보다 한국에 일찍 돌아가게 됐으니까.

그의 말마따나 채한열이 바이올린 신동을 발굴한 일은

결과적으로 그의 커리어 측면에도 이득이 가는 이야기가
되었다.

더군다나 그 다리를 놓아 준 것이 나이니, 그로서는 내게
감사할 수밖에.

'애당초 이번에 미국으로 건너간 것도 괜한 불똥이나 피하
란 의미의 인사 조치였고……. 하지만 그렇다고 국장 선에서
이야기가 오갈 정도의 일이 있나?'

분명 백하윤이 중간에 개입해 뭔가를 한 것이 분명한데.

나는 문득 백하윤이 CBS 국장과 어떤 식으로 이야기를 나
눴을지 궁금해졌다.

'당사자에게 물어보고 싶어도 백하윤은 지금쯤이면 미국행
비행기에 있을 테니.'

혹시 채한열은 무언가 알고 있지 않을까 해서 그에게 물었
더니.

─글쎄다. 나도 자세한 이야기는 듣지 못했거든. 백 선생님도 바빠 보
이셨고.

채한열이 덧붙였다.

─아무튼 이번 일로 그 불쌍한 애한테도 기회가 주어졌으니 개인적으
로도 안심이야. 아 참, 크리스 말인데, 네가 보기엔 어땠냐?

나는 비디오테이프를 힐끗 쳐다보며 대답했다.

"잘하더군요. 귀엽고."

─네 마음에 들 줄 알았다. 어때, 너희 소속사에서 키워 볼 생각은 없

어?

"하하, 글쎄요."

아무리 그래도 너무 어리다.

그러잖아도 윤아름을 키우며(?) 아역 배우는 촬영 및 관리 감독에 제약이 많다는 걸 제법 뼈저리게 느낀 나는 슬슬 성인 배우 위주의 프로덕션 운영을 해야 하지 않을까 고심하던 차였다.

'그래, 이를테면 오늘 본 김승연 같은 배우 말이지.'

뭐, 우리 같은 신생 소속사가 그런 거물을 소화하기는 힘들 테지만.

그나마 안형욱까지 바라지 않은 건 내 최후의 양심이다.

어쨌건 채한열도 이번 일에 대해서는 아는 바가 별로 없어 보였으니, 이쯤하면 용건은 끝났다.

회사 전화라고는 하지만 국제전화는 비싸기도 하고.

'회사 돈이 곧 내 돈이거든.'

나는 그와 적당히 인사를 주고받은 뒤 전화를 끊고 사내 전화로 전예은을 호출했다.

─부르셨어요, 사장님.

"아, 네. 혹시 바른손레코드 쪽에서 저한테 메시지 남긴 거 없는지 확인해 주시겠어요?"

─네, 알아보겠습니다.

"아, 그리고 조인영 책임 좀 불러 주세요."

―네, 사장님.

전예은에게 일을 맡긴 뒤, 나는 조인영이 올 동안 잠시 밀린 일을 처리했다.

'오늘 백하윤에게는 음원 판매 사이트를 만들어 주겠다고 했었지.'

나는 잠시 그 일에 모회사인 삼광전자 쪽의 손을 빌려 볼까 생각하다가 관뒀다.

'아니, 이번 일은 별개의 프로젝트로 취급해야 해. 어차피 삼광그룹은 인사 시스템상, 만들기는 잘해도 서비스 유지 관리는 영 젬병인 곳이니까.'

자회사로서 SJ컴퍼니의 존재 이유라면 삼광전자에 비해 그런 유동적 대처가 손쉽다는 점도 있을 것이다.

'조인영을 중심으로 TF를 만들고, 추후 바른손레코드의 출자를 받아 관리 회사를 만드는 방향으로 진행해야겠어.'

나는 앉은 자리에서 곧바로 온라인 음원 판매 사이트의 기획 초안을 작성했다.

아직 관련한 수익 모델의 선례가 없다는 점에서, 사장인 내가 직접 기획의 틀을 마련해야 한다는 점은 우리 회사의 강점이자 단점이었다.

'전인미답의 블루오션을 개척하는 건 좋은데, 결국 내 일이 늘어난단 말이야.'

그렇다고 그 개척 과정이 순탄한 것도 아니다.

주식 상장을 하지 않는 건 이런저런 투자자들이나 지분을 가진 임원에게 휘둘리지 않아도 된다는 점에서는 좋지만, 댈 수 있는 자금에 한계가 뚜렷하단 면을 보자면 이도 결국 양날의 칼이다.

　'그러다 보니 출자 받기도 쉽지 않아서 이런 신규 사업에는 쌓아 둔 회사 자금을 이용해야 하는 점도 있고. 이거, 여차하면 이태석한테 돈을 빌려야 하는 거 아닐지 몰라.'

　그나마 주위에 내 기행을 이해해 주는 어른들이 많다는 점이 위안거리다.

　'음원 저작권 관리는 바른손레코드 측에 맡기면 될 것 같고, 결재 쪽은 삼광그룹 내 계열사에 진행 중인 것이 있으니 그걸 얹어서……'

　키보드를 두드리고 있으려니 전예은이 사내 전화로 연락을 해 왔다.

　"예."

　-사장님, 조인영 책임이 도착했습니다.

　"들어오라고 하세요."

　-예, 알겠습니다.

　곧 사장실 문이 달각 열리며 조인영이 사장실로 왔다.

　"어서 오세요, 형."

　조인영은 들어오면서 똥 씹은 표정을 하고 있었는데, 나름이 회사의 OB인 그는 내가 사장실로 자신을 호출한 것에서 이미 일감이 쏟아지길 예측하고 있는 모양이었다.

'미안하지만 그 생각이 맞아.'

아니 내가 미안할 건 없지. 월급도 따박따박 받아 가잖아?

게다가 조인영은 이 시대 동종 업계 기준, 그것도 경력도 빽도 없는 중졸(그는 우리 회사에 입사하며 당시 정학당했던 고등학교를 미련 없이 중퇴했다) 사원이 받아 가는 돈치곤 파격적인 수준일 거다.

'그래서 책임 직급도 달아 줬고. 뭐, 그만큼 일을 시키고 있긴 하지만.'

조인영은 떨떠름해하는 얼굴을 감추지도 않으며 툭하고 입을 뗐다.

"그래서 이번엔 무슨 일이야?"

사장을 대하는 부하의 태도로는 꽝이지만, 나는 아부 잘 떠는 무능한 부하보단 유능하고 싸가지 없는 부하를 선호하는 편이다.

"이야기가 빨라서 좋네요. 의자 갖고 여기 와 보시겠어요?"

"이번엔 무슨 일을 벌이려는 건데?"

조인영은 사장실에 놓인 의자를 끌고 와서 내 옆자리에 앉아 모니터를 보았다.

"……온라인 음원 판매 사이트?"

"네, 그러니까 이게 어떤 거냐면……."

잠자코 내 설명을 들은 조인영은 긴 한숨을 내쉬었다.

"역시나 이번에도 전인미답지의 개척이네. 네가 한 말의 반이나 알아들었을지나 모르겠다."

"그래도 지금 한번 해 두면 데이터베이스가 남을 거예요. 여기엔 없지만 형한테 비슷한 일 몇 가지를 더 맡길 예정이 거든요.

"하하, 재밌는 농담이네."

"……"

"……농담이 아니었어?"

물론이다.

조인영은 온라인 음원 판매 사이트 제작뿐만 아니라 일산 출판사의 온라인 서점 제작 일도 맡아 주어야 하니까.

"끄응."

조인영이 머리를 벅벅 긁었다.

"뭐, 그야 하라면 할 수는 있을 거 같은데……."

"역시, 믿고 있었어요."

"한국말은 끝까지 들어."

"네."

조인영이 나를 째려보았다.

"어쨌건 보아하니 노가다에 사후 관리까지 해야 할 것 같은데, 맞지?"

"그럼요."

"그러려면 인원 확충이 무조건 필요해. 설령 이쪽이 토대만 다진다 한들 바른손레코드 쪽에 쓸 만한 프로그래머가 있을 것 같지도 않고."

"……."

흠, 결국 그 문제인가.

그러잖아도 조인영은 어느 정도 자리를 잡은 뒤부터 내게 줄곧 인원 확충을 주장해 왔다.

'나도 그 필요성은 실감하고 있지만, 신규 인력 충원이 말처럼 쉬운 게 아니란 말이지.'

당연한 이야기지만 고용주 입장에서는 휘하 고용인이 적을수록 좋다.

아니 정확히 말하자면 '필요한 인재만 갖추고 있는 것'이 좋다는 의미다.

회사의 고용인이란 곧 일손이라는 의미도 되지만, 덩치가 커지면 자연히 먹는 양도 많아지기 마련이다.

이때 개개의 사원에게 들어가는 인건비는 무시할 수 없는 수준이고, '구조조정'하면 가장 먼저 떠오르는 것이 '해고'일 정도니까.

그 왜, 월급날이 되면 사원은 웃지만 사장은 운다는 말도 있지 않은가.

'나도 전생에 고용인 신분이었으니 고용인의 입장이 어떤지는 잘 알고 있지만…….'

사람 마음이란 게 참 간사하다.

이성진이라고 하는 반면교사를 곁에서 지켜봤으면서도 정작 내가 고용주가 되니 이 문제를 저어하고 있으니까.

그래도 내가 차일피일 인원 확충을 미루는 데에 구태여 변명하자면, 이 시대엔 아직 '쓸 만한 IT 인재'가 부족하고, 쓸 만한 IT 인재의 몸값은 천정부지로 치솟아 있다.

'하물며 취업난이 있는 시대도 아니고.'

오죽하면 이 시대 컴공과 학부생들이 '창업'으로 신화를 만들어 냈겠는가.

내가 조인영에게 월급을 잔뜩 쥐여 주는 이유도 딱히 그를 어여삐 여겨서가 아닌, 지금 조인영 정도의 포트폴리오라면 은행 융자를 받아 회사를 설립하는 것도 가능할 정도이기 때문이다.

'지금은 고등학교 중퇴라는 사회적 선입견이 그 길을 가로막고 있긴 하지만.'

게다가 조금만 지나면 IMF가 온다.

각종 구조조정으로 실업자가 급증하는 등, 이래저래 훗날 국가적 재난으로 기록되는 사태이지만, 내 입장에 한편으로는 그렇게까지 나쁜 이야기는 아니다.

'그때가 되면 고급 인력이 대거 풀려나올 예정이거든.'

IMF직후는—이후 얼마 지나지 않아 IT붐이 일기는 하지만—아직 IT업계를 눈여겨보지 않던 시절이다.

지금 한대나 금일 측이 전생에 비해 IT쪽 지원이 활발하다고는 하나, 구조조정이 시급할 덩치들에게 당장은 아무 돈을 벌어 오지 못하는 것처럼 보이는 기반 사업인 IT 계열은 구조 조정 대상 1순위일 것이다.

여기에 조금 비약을 덧붙이자면, IT붐을 타고 나온 각종 벤처 기업은 이때 갈 곳을 잃은 1세대 프로그래머들이 주축이 되어 창업 신화를 구축했다고 보는 견해도 더러 있을 정도니까.

'그러니 나로서는 조금만 기다리면 헐값(?)에 인원 확충도 가능하다는 건데…….'

조인영은 내 얼굴을 보며 한숨을 내쉬었다.

"뭐, 그야 고용주 입장에선 이렇다 할 캐시 카우가 없는 이쪽이 불안정해 보인다는 것도 알지만, 어느 정도 기초 투자는 필요하지 않겠어? 너도 나중에 이 시장이 커질 거란 걸 알고 있으니까 이런저런 일을 물어 오는 거고."

서당개 3년이면 풍월을 읊는다더니, 조인영 입에서 그런 분석이 나올 줄이야.

"어쭈, 그 표정은 뭔데?"

"제가 뭘요?"

"……됐다. 말을 말자."

조인영이 피식 웃으며 고개를 저었다.

"아무튼 일이 많아지면 그만큼 사람도 늘려야 한다는 정도는 제발 알아주면 좋겠어."

나는 두 손을 들었다.

"알겠어요."

"오, 드디어 공채하려고?"

"아니, 이 일은 일단 잠정적으로 보류해 두잔 거예요."

"……."

"사실 이것도 오늘 오전에 바른손레코드랑 구두로 이야기가 나왔을 뿐이어서 확정된 건 아니거든요. 저쪽이 어떻게 나오느냐에 따라 인원 확충도 고려해 볼게요."

내 말에 조인영은 아주 만족한 얼굴은 아니지만 그래도 이만하면 조금 성과가 있다는 듯 어깨를 으쓱였다.

"가능한 한 긍정적으로 검토해 줘."

"그럴게요."

게다가 조인영의 불만도 임계 상황인 모양이니, 나도 슬슬 조금이나마 인원 확충을 고려해 볼 때인지 모르겠다.

그때 삑, 하는 소리와 함께 책상에 놓아두었던 전화기에 불빛이 들어왔다.

－사장님, 바른손레코드 백하윤 대표님으로부터 메시지가 있습니다.

"그래요?"

－네, 사장실에서 보고드려도 되겠습니까?

"그러시죠."

－알겠습니다. 곧 찾아뵙겠습니다.

조인영이 나를 보며 어깨를 으쓱였다.

"뭐, 보다시피 정작 네가 가장 바쁘니 나도 할 말이 없는 거지만. 일이 밀린 모양인데 나가 볼까?"

"아뇨, 형도 함께 듣죠. 어쩌면 지금 작성 중인 기획이랑 관련이 있을지도 모르거든요."

"그런가? 하긴, 그렇겠네. 바른손레코드 쪽 메시지인 모양이니까."

그렇게 잠시 조인영과 두런두런 이야기를 주고받다 보니, 곧 찾아뵙겠다는 말이 무색하지 않게 얼마 지나지 않아 사장실 문을 두드리는 노크 소리가 들렸다.

"들어오세요."

내가 대답하자 달각, 문이 열리며 전예은이 인쇄한 종이 뭉치를 들고 사장실로 들어왔다.

"실례하겠습니다."

"대표님이 제게 남긴 말씀이 꽤 많은 모양이네요."

그 모습에 내가 농담을 던졌지만 전예은은 내 말을 사무적으로 받았다.

"예, 그러면 핵심만 요약해서 구두로 보고드리겠습니다."

"……아, 예."

내용이 심각한가?

'방금도 조인영이랑은 눈인사만 했고…….'

이윽고 책상 앞에 선 전예은이 입을 뗐다.

"우선, 바른손레코드 백하윤 대표님은 갑작스럽게 미국 출장을 떠나게 되어 사장님께 죄송하단 말씀을 남기셨습니다……."

그리고 백하윤은 내게 오전에 했던 협의 내용을 긍정적으로 검토할 것이며, 우리 사측에 방송 기획 업무를 의뢰한다는 내용을 남겼다.

기획인 즉, CBS를 주최로 한 예능 편성으로 이 시대 주말 황금 시간대 직전인 오후 5시에서 6시, 1시간짜리 단독 방송이라고 했다.

'심각하기는커녕 꽤 좋은 이야기인데?'

백하윤이 국장과 통화한 내용이 그건가, 하고 생각했다.

그리고 백하윤은 기획 및 캐스팅은 SJ컴퍼니의 재량에 맡길 것이며, 원한다면 CBS 측에서 제작 지원도 가능할 것이란 말을 남겼다.

'음, 에둘러 표현하고 있지만 우리 소속사 애들인 SBY를 중심으로 편성했으면 한다는 거겠지.'

나쁘지 않군. 아니, 오히려 좋다.

'다만, 조금 위화감이 드는걸.'

어째서 불길한 예상은 빗겨가지 않는 것일까.

이 얼핏 들으면 우리 쪽에 좋기만 한 이야기의 함정은 그 뒤에 이어졌다.

'……그랬군. 그런 식으로 국장과 딜을 한 건가.'

이후, 백하윤은 모쪼록 협조를 부탁드린다는 식으로 메시지를 마쳤다.

'이거 꽤 곤란한 숙제를 남기고 가셨구먼.'

하지만 백하윤이 이 '제안'으로 내게 딜을 넣으며 내게 제시한 이익의 골자는, 그녀가 메시지 앞부분에 언급한 '오전에 했던 협의 내용을 긍정적으로 검토'하겠단 부분이다.

'그러면서 이 시대 레코드사가 행할 수 있는 갑질 아닌 갑질을 수단으로 써먹었단 점은…… 조금 서운하기는 하네.'

그야 비즈니스적으로는 (저쪽이)고개를 끄덕일 만한 내용이지만, 이 내용에서 더 이상 나를 친손주처럼 아끼던 모습이 보이지 않았단 점이.

'이제 나를 대체할 재능 있는 신동을 발굴했다 이건가.'

나는 머리를 긁적이다가 의자에 등을 붙였다.

뭐, 별로 내가 신경 쓸 바는 아니지.

오히려 바이올린을 깊게 팔 생각도 없는 내게 백하윤이 탐내는 재능이 있었던 것부터가 이상한 일이었을 뿐.

"잘 알겠어요. 수고했습니다."

"아뇨, 제 일인걸요. 여기 전문입니다."

전예은은 들고 온 서류를 내 책상에 놓았다.

"그럼 이만 실례하겠습니다."

"예."

이 일과 관련해 전예은의 의견을 들어 보고 싶었지만, 지금은 조인영이 우선이니까.

'빨리 용건 마치고 보내서 일 시켜야지.'

전예은이 사장실을 나선 뒤, 나는 조인영에게 말을 건넸다.

"방금 형한테는 잠정 보류한다고 했지만, 결국 저희가 하게 됐네요."

"……."

"형?"

"아, 미안."

잠시 전예은이 나간 사장실 문을 물끄러미 쳐다보던 조인영이 고개를 내게 돌렸다.

"못 들었어. 뭐라고?"

"그러니까 온라인 음원 판매 사이트요. 예은 씨가 말했던 '오전 협의 내용'이 그거였거든요."

"아, 그래."

조인영이 고개를 끄덕였다.

"그렇다면 해야지. 다만 나도 아직 감이 오질 않는 이야기니까, 네가 초안을 작성해 주면 그걸 토대로 만들어 볼게. 아니지, 너도 프로그래밍 할 줄 알잖아? 아예 기초 코딩도 짜 보는 건 어때?"

"형도 방금 들었잖아요, 신규 예능 기획. 그거 구상도 해야 하거든요."

"별로 관심 없는 건 한 귀로 듣고 흘리거든."

"……."

"알았어. 할게. 하면 될 거 아니야. 쯧, 이래서 워커홀릭 상사를 두면 안 된다고들 하는 거였어."

조인영이 투덜거리며 자리에서 일어섰다.

"그러면 '글'로 기획 초안 작성해서 메일 보내 줘. 나도 그걸로 어떻게든 짜 볼 테니까."

"고마워요."

"고맙긴. 다 돈 받고 하는 일인데."

싸가지가 없긴 해도 조인영의 이런 마인드가 좋다니까.

"아 그런데."

조인영이 선 채로 툭하고 말을 던졌다.

"너희들 혹시 싸웠냐?"

"싸워요? 누구랑요?"

조인영이 미간을 살짝 찌푸렸다.

"누구긴. 예은이 말이야."

나는 고개를 갸우뚱했다.

내가 전예은이랑 싸우긴 뭘 싸워.

애당초 싸울 깜냥도 아니구먼.

"아닌데요?"

"아니긴. 아까 사장실에 들어올 때부터 느꼈는데. 평소랑 달리 애가 뚱해 있던걸."

그런가?

듣고 보니 태도가 좀 딱딱한 것 같기는 했다.

윤선희가 있을 때는 이런 '업무 모드'가 나오는 전예은이지만, 요즘 들어 단둘이 있을 땐 꽤 사적인 뉘앙스를 풍겨 대곤 했던 터였다.

그렇다고 조인영이랑 같은 보육원 출신으로 오빠, 동생 하는 전예은이 새삼 '업무 모드'로 들어갈 이유도 없고, 오히려 평소라면 티타임을 먼저 제시할 성격이다.

'흠, 출판사에 다녀오기 전만 해도 괜찮았는데.'

컨디션이 안 좋나?

나는 잠시 생각하다고 곧 그 이유를 깨달았다.

'그거로군.'

그렇다면 어쩔 수 없지.

이럴 땐 전예은에게 고용주이자 듬직한 연장자(전생 포함)의 면모를 보여 주기로 하자.

"형의 말을 듣고 보니까 알 것 같아요."

"역시, 있긴 있구나. 너도 눈치라는 게 있어서 다행이군. 이 형은 기쁘다."

이게 연장자 행세는.

야, 네가 내 나이일 때 나는…….

'……아니, 그때 나는 유아기인가.'

태어난 연도로 따지고 드는 건 취소하기로 하고, 나는 고개를 끄덕였다.

"그럼요."

"말이나 못하면……. 뭐, 혹시 싸운 거면 빨리 화해해. 평소 같으면 나도 이런 일에 끼어드는 성격이 아니지만 너나 예은이는 내 동생 같은 애니까."

지적할 부분이 없진 않지만, 남매 같은 점이 있단 거에선 그렇게 보이긴 했다.

낯을 가리는 성격인 전예은도 조인영한테는 친근하게 대하고, 조인영도 이래저래 전예은을 챙겨 주는 모습이 종종 보이니까.

'또, 조인영은 모르겠지만 전예은은 남들과 유독 다른 부분도 있고.'

조인영이 개구리 컴퓨터의 사장인 박철곤과 만나는 계기를 마련해 준 것도 전예은이었다니까, 그녀 역시 조인영이 생각하는 이상으로 그를 각별히 여기고 있을 것이다.

'저래 봬도 본성은 나쁘지 않은 놈이지.'

조인영은 제 사비를 털어서 요한의 집에 기부를 하던 녀석이니까.

"그렇게 할게요."

"그래…… 아무튼 난 이만 간다. 누구 덕분에 마감을 앞당겨야 할 거 같거든."

그게 누굴까? 참 궁금하네에.

조인영이 사장실을 나가고 얼마간 뜸을 들인 뒤 나는 전예은을 호출했다.

　-예, 사장님.

　"예은 씨, 사장실로 와 주세요."

　-……네, 알겠습니다.

　전예은이니 아마 로비에서 조인영을 보고 방금 우리가 어떤 식의 대화를 나눴는지 눈치채지 않았을까.

　예상대로 전예은이 쓴웃음을 지으며 사장실로 들어왔다.

　"실례하겠습니다."

　나는 그런 그녀에게 빙긋 미소 지어 주며 소파로 자리를 권했다.

　"잠시 차 한잔하죠."

　"예? 아, 옙. 준비해 오겠……."

　"아뇨, 앉아 계세요. 오늘은 제가 할게요."

　"네? 네…… 알겠습니다."

　나는 전예은이―어째 불안해하는 얼굴로―소파에 앉는 걸 확인한 뒤 탕비실로 향했다.

　'양갱을 좋아했지?'

　전예은도 그 나이대 애치곤 취향이 예스럽다고 생각하며, 나는 전국 각지에서 힘겹게 구한 수제 양갱과 녹차 다기를 챙겨 테이블로 왔다.

　"앉아 계세요."

　"……네."

나는 엉거주춤 일어서려는 전예은을 만류하며 그녀 맞은
편에 앉았다.

그리고 이휘철의 잔소리를 들어가며 배운 대로 차를 따르
고 있으려니 전예은이 신중하고 조심스럽게 입을 뗐다.

"저, 사장님."

"네."

"그…… 방금은 조인영 책임, 아니 인영 오빠가 오해하고
있는 것뿐이에요."

아, 그 이야기를 하려고 그랬나.

전예은도 방금 전까지 자신의 태도가 어땠다는 것과 그로
인해 조인영—그리고 아마 나—에게 우려를 끼쳤다는 걸 신
경 쓰고 있는 것이리라.

나는 전예은에게 연장자의 여유가 담긴 미소를 지어 주었
다.

"압니다. 저희는 오늘 싸운 적 없잖아요?"

"……네."

"하지만 공과 사는 구분해야죠."

내 말에 전예은은 면목이 없다는 듯 고개를 푹 숙였다.

"네……."

"제가 예은 씨를 부른 건 이번 업무에 예은 씨 의견을 들어
봐야 한다고 생각했기 때문입니다. 한동안 이쪽 업무를 맡아
오셨으니 예은 씨가 우리 회사에선 가장 전문가잖아요?"

내 말에 전예은은 방금 전까지 보이던 불안한 기색을 덜어 냈다.

"네!"

"그래도 지금은 조금 느슨한 분위기로 업무를 처리해 봅시다. 여의치는 않지만 간식도 있으니까 덜 출출할 테고요. 괜찮겠죠?"

전예은이 고개를 끄덕였다.

"예, 사장님!"

그렇게 됐으니 서둘러 용무를 처리하기로 하자.

나는 차를 한 모금 마신 뒤, 전예은이 찻잔을 내려놓길 기다렸다가 입을 뗐다.

"그러면 백하윤 대표님의 메시지에 대해 이야기해 보죠. 어떻게 생각하십니까?"

전예은은 잠시 생각하다가 대답했다.

"제가 느낀 바를 솔직히 말씀드리면 내용 자체는 딱히 저희에게 이득이 될 만한 점은 없어 보여요."

말을 듣기 전까진 조금 불안하긴 했지만, 어느 정도 평소 전예은의 모습이 돌아왔다.

"이를테면요?"

"예, 우선 백하윤 대표님의 제안은 기획 및 제작 측에서 감내할 부담이 큽니다."

나는 전예은의 말을 들으며 고개를 끄덕였다.

백하윤은 내게 '원한다면 CBS 측에서 제작 지원도 가능할 것'이라고 했지만, 정작 예산 부분은 빠져 있었다.

내가 말하기는 뭣하지만, SBY는 지금이 최고조다.

그 말인 즉 수요가 넘친다는 의미이고, 따라서 책정하는 출연료 또한 꽤 비싸단 의미였다.

게다가 SBY는 그룹이니 여간해선 묶어 다녀야 하고, 따라서 모두를 캐스팅하면 자연스레 몸값도 꽤 높다.

그런데 백하윤은—아직 구체적인 협상 테이블을 마련하기 전이긴 하지만—이 출연료 부분에 상한을 두는 것으로, 어느 모로 보나 CBS에 유리한 조건을 넣었다.

요즘 잘나가는 아이돌 그룹을 싸게 써 먹는 예능, 그것도 기획과 제작의 주체를 다른 곳에 맡길 수 있으니 CBS 입장에 선 손해 볼 것 없는 장사였다.

막말로 SBY 애들이 모여 앉아 노가리만 까도 어느 정도 시청률이 보장 될 정도인데 이 시대에선 재방송 등으로 돌리는 반쯤 버리는 시간대인 주말 오후 5시 편성.

더군다나 상황을 보아하니 갑은 CBS였고, 때론 그쪽에서 밀어주는 애들을 특별 편성으로 한둘쯤 넣어야 할지도 모른다.

CBS 쪽에선 헐값에 생색을 낼 수 있는 내용이니 원윈이라 고 할 정도는 아니었고, 달리 말하면 시간이 곧 돈인, 물 들어올 때 노 저어야 할 SBY를 CBS에 묶어 두잔 의미도 됐다.

'즉, 재주는 SBY랑 우리가 넘고, 돈은 CBS가 챙긴다는 거지.'

이상, 전예은은 나도 생각했던 문제점을 지적한 뒤, 양갱을 삼키곤 말을 이었다.

"그래서 저는 바른손레코드 측이 CBS에 일방적으로 유리한 조건을 제시한 거라고 생각합니다."

"그렇게 보았군요."

"예…… 그런데 그 점이 조금 이상하긴 해요. 바른손레코드는 저희와 원만한 관계를 맺고 있다고 생각했거든요."

강하게 나갈 줄 모르는 전예은의 성격상 에둘러 말하긴 했지만, 사실상 이는 바른손레코드 측의 일방적인 갑질이라고 힐난해야 할 문제란 의미였다.

"그럴 겁니다. 보통은 저희가 따를 필요도 없고, 오히려 따로 재협상해 봐야 할 문제죠."

"그런데 왜 이제 와서 이러시는 건지 저는 도통……. 게다가 CBS측에 너무 유리한 조건이고요."

나는 양갱을 우물거리며 고개를 끄덕였다.

'그래, 이 정도면 사적인 청탁이 있었을지 모른다고 의심해도 좋을 부분이거든.'

하지만 어떤 의미에서 보면 그것도 맞고.

전예은이 조심스레 물었다.

"그럼 혹시 언급이 생략된, 온라인 음원 판매 사이트 제작에 필요한 바른손레코드의 지원 조건이 파격적인가요?”

이 불평등 조건에 필사적으로 다른 이유를 찾아 사적 청탁
—즉, 뇌물—을 의심하지 않은 건 아직 전예은이 순진하다
는 의미일 것이다.

“아뇨, 그것도 사실상 개요만 꺼냈지, 정확히 어떻게 될지
아직 알 수 없습니다.”

“예?”

“굳이 말하자면 바른손레코드와 CBS사이에 물밑 거래가
오간 모양이거든요.”

전예은의 표정이 딱딱하게 굳었다.

“설마……!”

“아, 그렇다고 사과 박스 이야기는 아니고……. 잠시만요.”

나는 말이 나온 김에 책상으로 가서 ‘채한열이 발굴하고 백
하윤이 한눈에 반한 바이올린 신동’이 녹화된 비디오테이프
를 가지고 왔다.

전예은은 내가 탁자에 올려 둔 비디오테이프를 보며 고개
를 갸우뚱했다.

“비디오테이프?”

“이게 바른손 레코드 측이 CBS와 물밑 거래를 한 까닭입니
다. 백하윤 ‘선생님’께는 꽤 사적이죠.”

“……네?”

전예은은 물끄러미, 양갱 접시 옆에 놓인 비디오테이프를

보다가 얼굴이 새빨개졌다.

"앗! 서, 설마, 사장님도 보셨어요?"

"네, 당연히 봤죠."

"아, 안 돼요. 그런 건 어린이가 보면 나쁜 거⋯⋯."

"⋯⋯."

무슨 생각을 한 거야?

손가락 사이로 나를 힐끔거리던 전예은이 손바닥을 얼굴에서 치웠다.

"⋯⋯아닌가요?"

"뭐가요?"

"아니에요. 아무것도 아니에요. 흠, 흠. 사장님은 아직 모르셔도 됩니다!"

⋯⋯그녀는 아무래도 눈앞의 비디오테이프를 보고 이상한 생각을 떠올린 모양이었지만 나는 모른 척해 주기로 했다.

'사춘기란.'

전예은은 헛기침을 한 뒤, 자세를 곧게 하며 내게 물었다.

"⋯⋯그런데 무슨 비디오인가요?"

"제가 오늘 오전이랑 오후에 미국에 있는 채한열 씨랑 통화했잖아요? 그 내용인데⋯⋯."

나는 전예은에게 채한열이 '바이올린 신동'을 발굴했고, 그 일로 백하윤에게 부탁을 한 내용까지 설명했다.

"그랬군요."

전예은이 고개를 끄덕였다.

"그러고 보니까 사장님도 바이올린 잘하시죠. 사장님이 보기엔 어땠나요?"

"잘하더군요."

"사장님보다요?"

나는 어깨를 으쓱였다.

전예은이 내 바이올린 솜씨에 대해 아는 건, 언젠가 그녀가 MP3로 녹음된 내 연주곡을 들려 주었을 때가 전부지만.

"아마 그렇겠죠? 그러니까 백하윤 선생님께서도 이 비디오를 보자마자 곧장 미국으로 날아가신 걸 테고요."

"……흐음."

전예은이 가벼운 한숨을 내쉬었다.

"저도 업무상 이유로 가끔 뵈었을 뿐이지만 백하윤 대표님은 바이올린에 대한 열정이 남다르시니까요. 결국 완전히 '비즈니스적'인 이야기는 아니었네요."

'사정은 알겠지만 납득은 가지 않는다.'는 것이 지금 전예은의 기분을 대변할 가장 적절한 표현일 듯하다.

'그건 따지고 보면 어느 정도 이쪽의 사적인 이해관계를 고려한 일이니까.'

막말로, 백하윤은 CBS로부터 미국에 있는 바이올린 신동에 대한 권리를 사들이기 위해 SJ엔터테인먼트를 제물로 바친 것이나 다름없는 일이었다.

그리고 우리가 백하윤의 이번 제안을 마냥 거절할 수 없는 건, 우리가 바른손 레코드에게 입은 '은혜'를 갚아야 하기 때문인 것도 있다.

'솔직히 백하윤이 이쪽 일로 도움을 많이 주기도 했고.'

당장 SJ엔터테인먼트의 마동철 전무부터가 백하윤이 내게 소개해 준 사람이다.

그 외에도—어느 정도는 바른손레코드의 간접 이익을 고려한 사항이겠지만—SBY가 미디어에 노출될 기회를 마련해 준 것도 백하윤의 입김이 있었을 것이니, 나로서도 그녀가 제시한 거래에 응하는 것이 이 바닥의 도리였다.

전예은 또한 SBY의 프로듀서 노릇을 자처하며 이 바닥 생리를 얼추 꿰었을 테니, 그녀 역시도 이번만큼은 연예계에 적잖은 영향력을 발휘하는 백하윤의 제안에 응해야만 한다는 걸 인지하고 있으리라.

'……뭐, 이 시대 기준으론 이쪽이 지고 들어가는 조건으로 보이지만, 사실 백하윤이 내게 제시한 내용도 나쁘지는 않아.'

이 시대엔 별로 선례가 없으나 대박 예능은 방송계의 판도를 바꾸기도 한다.

그때가 되면 출연자는 '출연료'에 더 이상 목매지 않고, 거기서 만들어 낸 이미지 등의 무형의 부수적인 수익이 출연료 따윌 넘어서는 경우도 생길 정도다.

'그렇다고 해서 백하윤이 그런 예능의 판도를 읽어 낸 것은

아닌 모양이지만.'

어쨌거나, 나도 방금 머릿속으론 '대박 예능'을 떠올렸지만, 내가 기준으로 삼은 전생의 대박 예능 포맷을 그대로 따와 만든다고 하더라도 그게 꼭 성공하리란 보장은 없다.

'그래도 어차피 해야 할 일이라면 조금쯤 낙관하는 것도 나쁘지 않으니까…….'

게다가 몇 번 테스트해 본 결과 SBY 멤버들은 꽤나 예능 포텐셜이 높아 보이기도 했고.

'……그래도 일단, 이것도 내가 기획 토대를 만들기는 해야겠군.'

이건 이것대로 꽤 골치 아프게 됐네.

그런 고민에 잠긴 내 표정을 전예은은 어떻게 받아들였는지 쓴웃음을 지으며 위로하듯 말을 건넸다.

"저, 사장님. 그래도 달리 생각해 보면 저희에게 재량과 권한을 넘긴다는 이야기도 되겠죠? 그러니 저도 가능한 한 최대의 지원을 끌어낼 수 있도록 힘내겠습니다."

얘가 지금 무슨 소릴 하는 거야.

나는 전예은을 물끄러미 쳐다보다가 고개를 저었다.

"아뇨, 예은 씨는 이번 일에서 빠져 주세요."

"네?"

전예은은 내 말이 의외라는 듯 눈을 동그랗게 떴다가 우물쭈물하며 말을 이었다.

"저…… 혹시 제가 사장님 눈에 차질 않으시나요?"

아니, 그 반대다.

"그게 아니라, 저는 이번 일에 전예은 씨의 시간과 노력을 허비할 생각이 없다는 겁니다. 예은 씨에겐 조만간 예은 씨만 할 수 있는 일을 맡길 거거든요."

"저만이 할 수 있는 일……."

"아까 조인영 책임이랑도 이야기했지만, 인원을 확충할 예정이거든요. 그 외에도 조광 측과 합자하여 설립할 유통회사 문제도 해결해야 하고, 일산출판사 쪽에서도 온라인 서점 사업을 시작해야 하니 저로서도 예능 제작에 예은 씨를 투입할 여력이 없어요."

"……."

전예은은 잠시 생각하다가 고개를 끄덕였다.

"알겠습니다. 사장님 뜻대로 할게요."

조금 서운해하지 않을까 생각했더니, 의외로 그녀는 싹싹하게 대답했다.

간식이긴 해도 배가 좀 부르니 여유가 생긴 것일 터다.

"음, 그 대신……이라고 말하기에는 뭣하지만 통통 프로덕션 쪽에 인력 지원이 필요하긴 하겠군요."

"네. 알아보겠습니다."

"아니. 제가 말하는 건 일반적인 인력 충원이 아니라 크리에이터 쪽이에요."

"크리에이터?"

잠시 생각하던 전예은이 희미한 미소를 지으며 내 말을 받았다.

"사장님께선 벌써 프로그램의 방향성을 잡아 두신 것 같은데요."

"예, 뭐. 방금 떠올린 거긴 합니다만."

나는 전예은에게 내가 생각한(정확히는 전생의 대박 예능에서 표절한) 아이디어의 개요를 기탄없이 밝혔다.

내 설명을 들은 전예은은 한참 동안 생각에 잠겼다가 고개를 끄덕였다.

"흐음, 지금으로선 두 가지군요. 1박 2일 동안 야외 캠핑을 하는 포맷과 기상천외한 도전을 하는 것⋯⋯."

"예. 그리고 여기엔 어느 정도 자유분방한 분위기가 있으면 좋을 거 같습니다. 대본이 있어도 그건 방향성만 제시할 뿐이고, 대부분은 출연자의 애드리브와 역량에 맡기는 거죠. 가능할 것 같나요?"

"음."

전예은은 팔짱을 낀 채 몇 번씩 고개를 갸우뚱하다가 활짝 웃었다.

"재밌을 거 같은데요."

"그래요?"

"네. SBY 오빠들, 가만히 내버려 두면 재밌거든요. 오히려 촬영 중에 보이는 모습보다 휴식 시간에 떠들고 노는 게 더 재밌을 때도 있을 정도예요."

SBY의 예능감에 대해선 나도 언뜻 보았을 뿐이지만, 전예은이 하는 말이니 신뢰가 갔다.

그때 전예은이 미간을 살짝 찡그렸다.

"한 가지 우려되는 점이라면……."

"뭡니까?"

"그래도 오빠들은 명색이 아이돌인데, 그렇게 망가져도 될까 하는 거예요."

나는 또 뭐라고.

"그래서 더 재밌는 거 아닌가요?"

"……아하하. 그런가요?"

"이런 건 시근 멀쩡한 사람이 구르고 망가질수록 재밌어지는 법이거든요."

"……아 ……네."

뭐, 이 기획이 통과된다면 SBY에게 내가 사장이란 건 무덤까지 가져 갈 비밀이 되어야 하겠지만.

'그래도 정작 이 2000년대를 풍미한 예능 포맷을 가지고 오려니 지금은 그 대박 PD들도 신출내기일 거고…… 벤치마킹할 데이터도 부족해.'

그러니 지금도 방향성만 있을 뿐, 사실상 맨땅에 헤딩을 해야 하는 상황이다.

전예은도 그런 내 고민의 원인을 파악했는지 걱정스레 덧붙였다.

"다만 그렇게 말씀하시니 '크리에이터'가 필요하다는 사장님의 말씀도 이해는 가요. 사장님의 아이디어는 예전에는 없던 것이고, 철두철미한 기획이 장점인 통통 프로덕션에는 낯설 것 같으니까요."

"바로 그겁니다."

제작소로서 통통 프로덕션도 나쁘지는 않지만, 전신이 전신이다 보니 내가 생각한 예능을 제작하기엔 다소간 형식적이고 전통적인 면모가 남아 있었다.

세간에서 꽤 호평인 〈먼나라 이웃사촌〉이나 〈신장개업〉 같은 경우는 방송국의 지원도 있고, 또 어느 정도는 다큐멘터리적 포맷을 갖추고 있으니 괜찮았지만 내가 생각하는 '자유분방한 분위기'에서 나오는 예능을 제작하기엔 머리가 딱딱한 부분이 발목을 잡을 것 같다는 생각이 든다.

'CBS에서 PD 지원 정도는 가능하도록 타협을 해야 하나……. 그럴수록 계약만 복잡해지기는 하는데.'

CBS에서 보낸 PD가 방송 기획을 제대로 이해해 줄지도 의문이고.

이 시대는 아직 외주 제작이 뿌리를 내리기 전이어서, 근미래 후반에 나오던 '프리랜서로 일하는 스타 PD군단' 같은 것이 아직 없던 때였다.

'하물며 지금은 종편 채널이 있는 시대도 아니니까.'

전예은이 방긋 웃었다.

"마침 생각난 분이 있긴 해요."

기대하지 않았던 전예은의 말에 나는 나도 모르게 몸을 앞으로 기울였다.

"그래요? 누굽니까?"

"음, 이쪽 커리어가 없는 분이기는 한데, 그래도 괜찮을까요?"

"괜찮습니다. 말씀해 보시죠."

전예은이 고개를 끄덕였다.

"제화기획의 이유미 씨, 기억하고 계세요?"

"……음?"

나는 잠시 그가 누구였더라, 하고 생각했다가 이내 그 이름의 주인을 머릿속에 떠올렸다.

"아, 네. 〈파리 파네〉 기획 회의 당시 참석한 분 말씀이군요."

언젠가 해림식품의 정재훈 회장, 신화호텔의 이미라 사장, 우리 경영고문이신 이휘철까지 참석한 회의에서 홍상훈 (당시)팀장을 따라 동석한 여자였다.

여담으로 스스로를 신춘문예 시 부문 가작 당선 특채로 제화기획에 입사했던 홍상훈은 SBY의 2집 앨범 작사로 참석, SBY의 2집이 대박이 나자 꽤 많은 개런티를 받아 이를 계기로 회사를 때려치웠다고.

'제화기획도 명색이 대기업인데 그걸 곧바로 때려치운 모습엔 시대를 감안해도 뜨악했지. 그러니 뭐, 홍상훈은 어느 모로 보나 조금 기억에 남는 인물이기는 했지만…… 이유미?'

내가 그녀에 대해 기억하는 일면이라곤 통제하기 힘든 홍상훈을 옆에서 어떻게든 제어해 내던 모습뿐이었다.

전예은이 덧붙였다.

"일부러 조사한 건 아니지만 대학 전공도 신문방송학과였고, 제화기획에 입사하기 전에는 구성 작가를 지망하던 분이더라고요. 찾아보면 더 좋은 분이 있을지도 모르지만 왠지 지금은 그분이 머릿속에 떠올라서……."

나는 전예은의 말을 들으며 생각에 잠겼다.

'학부 전공만 있을 뿐 업계에 관련 경력도 없는 젊은 여자를 담당으로 만든다? 모험이긴 하네. 하지만 다른 사람도 아니고 전예은이 보장하겠다는데…….'

뭐, 어차피 회사의 사활을 걸고 벌이는 일도 아니고 망해도 어쩔 수 없었다는 변명도 가능한 기획이니,

'……한번 믿고 맡겨 봐?'

일이 그렇게 됐으니, 이유미에게는 내일 연락하기로 하자.

내 말을 들은 전예은이 고개를 갸웃했다.

"내일요? 지금 연락드려도 괜찮을 거 같은데……."

나는 그녀에게 보란 듯 벽에 걸린 시계를 힐끗 쳐다보았
다.

"지금은 퇴근 시간대니까요."

"아…… 그러네요."

"그리고 예은 씨도 일찍 퇴근해야죠."

내 말에 전예은이 머쓱하게 웃었다.

"저는 괜찮은데요."

괜찮기는.

고용주가 직원에게 할 수 있는 최고의 복지는 이른 퇴근인
법이다.

그러잖아도 마침 전예은이 내게 사무적인 모습을 보인 까
닭 또한 잔업에 대한 무언의 시위였던 모양인데.

그래, 전예은도 한창 놀고 싶은 나이에, 그것도 또래들은
여름방학의 마지막을 화려하게 장식 중일 터에 정작 본인은
회사에 붙잡혀 일을 하고 있다 보면 회의감이 들 법도 하다.

게다가 당장 오늘 강이찬도 휴가를 써 버렸으니, 전예은도
새삼 휴가가 고픈 걸지도 모르겠다고 생각하는 중이다.

그렇다고 이 중요한 시기에 전예은에게 휴가를 줄 수는 없
으니, 나로선 그녀의 비위를 건들지 않도록 어르고 달래 줄
필요가 있다.

'이런 소소한 불만이 누적되다 보면 어느새 노조가 결성되
기 마련이지. 고용주 입장에선 피하고 싶은 일이야.'

뿐만 아니라, 전예은이 지금 무엇을 바라고 있는지도 알 것 같았던 나는 전예은에게 빙긋 미소를 지어 주었다.

"아뇨, 오늘은 저도 일찍 퇴근하고 싶은 기분이거든요. 그러니 오늘 업무는 여기서 마무리 짓기로 하죠."

"네, 알겠습니다."

전예은은 마주 미소 지으며 다기를 정리하기 시작했고, 나는 그런 그녀를 만류했다.

"놔두세요. 제가 치울게요."

"하지만……."

"괜찮으니까 예은 씨도 퇴근 준비하세요. 곱창전골 드시고 싶었죠?"

내 말에 전예은이 고개를 갸웃했다.

"네? 아, 저…… 어떤 요리인지 궁금하긴 하지만 그다지……."

엥, 곱창전골 때문에 삐진 게 아니었나?

"그리고 사장님께선 이미 점심 때 드셨잖아요. 일부러 배려해 주시지 않아도 됩니다."

이거, 상사의 눈치를 보고 있었던 모양이군.

어쩔 수 없지.

이럴 땐 고용주이자 듬직한 연장자의 면모를 보여 주기로 하자.

"괜찮습니다. 뭐 어때요. 쌀밥은 하루에 세 끼도 먹는데."

"······곱창전골이 마음에 드셨나 봐요."

딱히 그런 건 아니지만 뭐 어떠랴, 지금은 전예은의 눈치를 보기로 하자.

"그러면 준비되는 대로 나오세요. 강이찬 씨가 휴가 중이니 택시를 타고 갑시다."

"네, 사장님."

전예은은 활짝 웃는 얼굴로 얌전히 분부를 따랐다.

전예은이 사장실을 나서고 난 뒤, 나는 탕비실에서 간단한 설거지를 하며 생각했다.

'이거, 의외로 일이 잘 풀릴지도 모르겠군.'

오전부터 복잡한 일로 하루를 시작했다고 생각했지만, 돌이켜 보면 꼬인 매듭이 하나둘 풀려 가는 하루이기도 했다.

'아마 지금쯤이면 김철수가 조세화에게 약을 팔고 있을 테고.'

아직 경과보고가 올라오지는 않았으나 무소식이 희소식이라고 생각하기로 했다.

'그러면 이제부터 양지의 일과 음지의 일, 두 가지를 구분해 생각을 정리해야겠군.'

양지의 일과 음지의 일.

양지의 일이라 함은 방금 전까지 전예은과 대화를 나눈 회사 업무와 관련된 것이고, 음지의 일은 안기부와 조광의 일이 관련된 것이다.

양지와 음지로 구분하기는 했지만 경우에 따라선 음지의 일이 양지와, 양지의 일이 음지와 뒤섞이기도 했다.

'이를테면 조세화와 합자회사를 설립하는 일이 그렇지.'

양지와 음지의 뒤섞임에는 일산출판사 건도 **빼놓을** 수 없다.

'김철수에게는 커밍아웃을 제안했으니, 양상춘도 일산출판사 업무에 조금 신중해지겠군.'

물론 조세화나 양상춘은 내가 안기부와 물밑 거래를 트고 있다는 걸 모를뿐더러, 내가 김철수나 강이찬의 정체 또한 모른다고 여기는 중일 것이다.

'한편으론 구봉팔은 다르지.'

구봉팔은 당장 강이찬과 함께 지방으로 내려간 상황이고, 그는 강이찬이 안기부 요원이라는 것도 잘 알고 있다.

그러는 한편, 그는 강이찬이 하려는 일이 안기부의 지시와 다르다고 생각하는 중이었다.

'어떤 의미에선…… 결과는 같겠지만.'

안기부는 광남파를 이용해 조광의 공백을 차지할 요량이며, 광남파는 강이찬이 목표로 삼는 곳이기도 했다.

'어쨌건 음지건 양지건 어느 쪽도 소홀히 해서는 안 되겠지.'

설거지를 마치고 물기 묻은 손을 털고 있자니 핸드폰이 울렸다.

'경과보고인가?'

그렇게 생각하며 전화를 받았더니.

─나야. 김승연.

오전에 보았던 배우, 김승연이었다.

"안녕하세요, 누나. 무슨 일이세요?"

─무슨 일은. 왜. 나는 용건 없으면 전화도 못 하니?

그런 일은 되도록 자제해 줬으면 한다.

"아뇨, 그냥 의외여서요."

하지만 생각과 말을 달리해야 하는 건 사회인의 기본 소양
인 법.

─의외라니. 나한테 전화번호를 넘겼을 때부터 예상했어야지.

안하무인도 정도가 있지.

─아무튼, 저녁이나 함께하자.

다짜고짜?

"죄송하지만 선약이 있는데요."

─선약?

"네, 회사에서…….

나는 거기까지 말했다가 멈칫했다.

'이거, 어쩌면 김승연을 우리 소속사로 끌어들일 기회인 건
아닐까?'

아마 김승연은 자신에게 상의도 없이 캐스팅을 진행한 소
속사를 오늘 온종일 들들 볶아 댔을 것이다.

'그러니 당장 소속사를 옮기진 못할지라도, 이번 계약이 끝

난 뒤 우리 소속사에 들어오는 것도 고려할 법하단 거지.'

김승연이 내게 전화를 건 용건도 그런 '비즈니스'적인 용무가 있어서일 것이다.

재빨리 생각을 마친 나는 뒤끝을 흐렸던 말을 얼버무렸다.

"……간소한 회식을 할 거거든요."

─아, 그래?

"괜찮다면 합석하시겠어요?"

어차피 전예은은 곱창전골이 목표니까, 김승연이 합석해도 이해해 줄 거다.

─싫어. 내가 왜?

"……."

응? 이런 대답은 예상 못 했는데.

"싫으시다면 어쩔 수 없고요."

하긴, 아무리 그래도 회식 자리에 끼는 건 좀 그렇지.

그렇게 생각하고 있으려니 김승연이 한참 만에 말을 이었다.

─……어딘데? 분당?

휴우, 올 마음이 아예 없는 건 아니었군.

"아뇨, 마포 쪽이에요."

─마포? 흐음, 마포라면 가깝네. 좋아, 거기서 보자. 몇 시까지 가면 돼?

나는 대략적인 도착 시간을 계산해 김승연에게 말했다.

-알았어. 자세한 주소는 나중에 물어볼게. 끊어.

그리고 김승연의 전화가 뚝 끊겼다.

오전에 보았을 때도 느낀 거지만, 김승연은 꽤나 천상천하 유아독존의 삶을 영위하는 모양이다.

'우리 윤아름은 이런 어른이 되지 않도록 잘 케어해야겠어.'

나는 일방적으로 끊어진 핸드폰을 물끄러미 쳐다보다가 핸드폰을 주머니에 찔러 넣었다.

로비로 나오니 퇴근할 채비를 갖춘 전예은이 복도에서 나를 기다리고 있었다.

"오셨어요, 사장님?"

그러며 방글방글 웃는 모습을 보니, 전예은은 곱창전골이 기대되어 참기 힘든 것처럼 보였다.

"택시 불러 뒀어요."

"그럼 나가 보죠."

"네!"

"아 참, 예은 씨."

"네?"

"거기서 김승연 씨가 합류할 예정입니다. 알아 두세요."

내 말에 방금 전까지 전예은의 얼굴에 드리웠던 미소가 사라졌다.

"……네?"

김승연이 누군지, 잠시 머릿속으로 생각하는 모양이었다.

"있잖아요, 배우 김승연 씨. 예은 씨도 알죠?"

"⋯⋯."

전예은은 눈을 깜빡이더니 한숨을 내쉬었다.

"아, 네. 김승연 씨 말씀이군요. 저도 직접 뵌 적은 없지만 이름이라면 알고 있어요."

물론 김승연이라면 온 국민이 안다고 해도 무방할 만큼 잘나가는 배우인데, 나름 연예계 생리를 꿰고 있을 전예은이 김승연을 모를 리 없지.

"예, 잘만 하면 이번에 김승연 씨를 저희 소속사로 끌어들일 수 있을지도 모르고요."

"⋯⋯."

"왜요?"

혹시, 명망 있는 인플루언서가 합류하기로 해서 긴장한 건가?

그렇게 따지면 SBY도 인지도 측면에선 꿀릴 게 없다고 본다만.

"⋯⋯아뇨, 아무것도 아닙니다."

전예은은 딱딱한 얼굴로 엘리베이터 버튼을 눌렀다.

"에휴, 그러면 그렇지⋯⋯."

그러면서 나한테 안 들리게 중얼거린 모양인데, 다 들렸다.

하지만 왠지 그 대사를 따지고 들면 안 될 것 같단 기분이 들어서 나는 뭐가 그러냐고 따져 묻지 않기로 했다.

'전예은 입장에선 뭐가 됐건 곱창전골만 먹으면 그만 아닌가?'

역시, 이 나이대 여자애들이란 이해하기가 힘들다고 생각하면서.

마포에 자리 잡은 광수대 본부에서는 여진환이 본격적인 합류를 앞두고 인사를 하러 이곳저곳을 돌아다녔다.

김보성의 전출은 아쉽지만, 한편으론 광수대의 성과를 인정해 본격적인 조직 개편이 이루어지는 것이기도 해서 광수대에 몸담은 이들은 여진환 등 뭇 인력의 합류를 반기는 눈치였다.

그렇다고는 하나 거창한 신고식을 치르기엔 처리해야 할 일이 산더미여서, 각각은 소속된 팀에서 간단한 오리엔테이션을 하는 정도로 일을 마친 모양이었다.

여진환은 강하윤의 옆자리에 쌓아 둔 자신의 짐을 힐끗 보았다가 직속상관인 강하윤과 정진건에게 깍듯이 인사했다.

"앞으로 잘 부탁드리겠습니다, 선배님."

"응, 잘 부탁해. 여진환 '형사.'"

강하윤의 말에 여진환은 멋쩍게 웃었다.

"하하, '형사'라는 호칭은 아직 좀 낯서네요."

"곧 익숙해질 거야. 짐 정리 도와줄까?"

"아닙니다, 선배님. 저 혼자서 할 수 있습니다."

강하윤은 빙긋 웃어 보인 뒤, 옆자리의 정진건에게 말을 건넸다.

"선배님, 모처럼 이렇게 됐는데, 저희 팀끼리 저녁이라도 드시겠습니까?"

"……응?"

방금 전에도 여진환의 인사를 받는 둥 마는 둥하던 정진건이 뒤늦게 강하윤의 말을 받았다.

"아, 나는 괜찮으니까 둘이서 다녀와."

"……."

강하윤은 정진건의 대답에 괜스레 속이 답답해졌다.

'요즘 들어 부쩍 저러시네.'

언제부터인가 정진건은 별 의욕을 보이는 일 없이 출퇴근을 반복하는 중이었다.

물론 '의욕이 없어 보인다'는 것도 강하윤의 주관적 판단에 불과한 걸지도 모른다.

그야 평소보다 사무적인 느낌이긴 하지만 정진건은 본인에게 주어진 일은 빈틈없이 처리해 내고 있었으니까.

그래서 강하윤도 한때는 정진건의 변화가 현장 업무 대신 서류 작업으로 바뀌며 나타난 일시적인 현상이라고 생각했으나, 두고 보니 그런 것 같질 않았다.

'이게 소위 말하는 중년의 위기라는 걸까.'

강하윤도 이 변화 시기에 대해 짐작 가지 않는 바는 아니다.

정진건이 부쩍 말수가 줄기 시작한 건 배성준 형사의 장례식장을 다녀간 이후였고, 강하윤은 최근 들어 혹시 그가 배성준과 자신을 겹쳐 보고 있는 건 아닐까 생각하던 것에 확신을 더하고 있었다.

게다가 몰두하던 사건도 끝나 버렸으니, 그것도 정진건의 무기력함에 한몫 더하지 않았을까.

'양상춘 박사님도 국과수를 관두셨으니……'

그렇다고는 해도 자신의 경찰 롤 모델이자 존경하던 선배가 저런 모습을 보이고 있으니 강하윤도 이 상황이 영 탐탁치가 않았다.

그래서 강하윤은 평소라면 그쯤해서 그치고 말 일을, 의도적으로 과장해 정진건을 붙들고 늘어졌다.

"그러지 말고 선배님도 함께 가 주시면 안 되겠습니까?"

"아니, 나는……."

"혹시 일 때문에 그러시는 거라면 식사 후 남아서라도 도와드리겠습니다."

정진건도 강하윤이 자신을 걱정해 준다는 건 알고 있었고,

버디이자 아끼는 후배가 이렇게까지 강권하는 경우는 잘 없었기에 결국 두 손을 들었다.

"아니. 그냥 식사 후에 퇴근하기로 하지. 어차피 일이라는 건 늘면 늘었지 줄어들지 않으니까."

"함께 가 주시는 겁니까?"

"그래."

정진건은 주먹을 불끈 쥐고 소리 없이 쾌재 하는 강하윤을 보며 쓴웃음을 지었다.

"그러면 내가 쏠 테니까, 근처에 적당한 곳으로 가지."

"평소 가던 곱창전골집이면 되겠습니까?"

"그래. 요즘 안 갔으니, 거기로 가 보자고."

4장

저녁 시간이 되자 곱창전골 가게는 제법 북작였다.

"안쪽에 방 치우고 있응께, 쪼까 기다려 주쇼잉."

주인은 분주하게 오가다 말고 발걸음을 멈춰 그렇게 말하곤 다시 주방으로 향했다.

"저번에도 한번 와 봤지만 성업이군요."

여진환의 말을 모처럼 정진건이 받았다.

"박순길 형사가 다녀간 뒤로 꽤 입소문이 퍼졌어. 광수대 사람들은 다들 최소 한 번씩은 다녀간 모양이더군."

"그렇군요."

정진건의 말에 여진환은 박순길을 떠올리며 속으로 쓴웃음을 지었다.

'잠깐 다녀간 사람인데도 아직까지 이래저래 영향력이 남아 있네.'

박순길은 여진환이 경찰로서 롤모델을 삼고 싶은 사람은 아니었지만, 그도 박순길의 행동력이며 수사력만큼은 내심 인정하고 있었다.

어떤 의미에서 보자면 박순길은 이번 사건 해결에 실마리 중 하나를 제공해 준 인물이기도 했고.

박순길이 장건후 일파를 이쪽에 끌어들이지 않았다면 사건은 지금쯤 전혀 다른 방향으로 전개되었을지도 모르는 일이라고, 여진환은 속으로 생각했다.

잠시 그러고 있으려니 뒤쪽에서 종업원의 목소리가 들려, 여진환은 별로 의식하지 않은 채 그 소리를 들었다.

"혹시 일행 있는감?"

"아뇨. 저희 둘뿐인데요."

앳된 소년의 목소리.

여진환은 시간이나 때울 겸 고개를 돌렸다.

입구엔 이런 곱창전골 가게와는 인연이 없을 것처럼 생긴 소년과 예쁘장한 소녀가 서 있었다.

"이거 어쩌나. 식사할라믄 좀 기다려야 쓰겠는데잉."

"그런가요?"

그때 강하윤이 고개를 홱 돌렸다.

"어머, 성진아!"

소년이 종업원 뒤에서 고개를 배꼼 빼내며 강하윤을 보더니 빙긋 미소 지었다.

"어라? 하윤 누나, 안녕하세요."

"어쩐 일이니? 게다가 예은이도 왔네."

전예은은 꾸벅 묵례했고, 정진건도 이성진을 보며 알은체를 했다.

"여기서 너를 다 보고, 이거 의외구나."

"저도요, 아저씨. 오랜만에 뵙습니다. 그간 별고 없으셨죠?"

"……음."

이쯤 하니 여진환도 눈앞의 소년이 '그' 이성진이라는 것을 알아챘다.

"어이쿠, 아는 사이여?"

종업원은 안도하며 정진건에게 말했다.

"이렇게 된 거 합석하면 어떤감? 안쪽 방은 금방 치울 텡께."

"저야 뭐……."

정진건이 여진환을 힐끗 보았고, 여진환이 짧게 고개를 끄덕이자 이번에는 이성진을 보았다.

"그렇게 됐으니 너만 괜찮으면 합석하지 않겠냐."

"저는 좋아요."

어차피 여기 온 소기의 목적은 전예은에게 곱창전골을 대접하는 것뿐이니까, 누가 끼어들든 전예은은 상관하지 않을 거란 이성진의 단순한 생각이었다.

"아, 나중에 한 사람 더 올 건데 그분이 합석해도 괜찮을까요?"

한 사람 더?

어째서일까, 정진건은 이성진의 말을 들으며 자신도 모르게 구봉팔을 떠올렸다.

'……아니, 그럴 리가 없지. 둘이서 밥을 함께 먹을 사이도 아닐 텐데.'

이성진의 말을 받은 건 강하윤이었다.

"강이찬 씨 말이니?"

"아뇨, 강이찬 씨는 지금 휴가 중이고…… 연예인이에요."

강하윤은 그 말에 '혹시 윤아름인가?' 하고 속으로 생각했다.

"나는 괜찮은데……. 선배님은 어떠십니까?"

"응? 아, 나도 괜찮아."

"'여 형사'도 괜찮지?"

여진환이 고개를 끄덕였다.

"예, 선배님."

"그렇다고 하니까 걱정 마."

이성진은 고개를 끄덕였고, 그사이 안쪽 방에서 다른 종업원이 쟁반을 들고 나왔다.

그 모습을 본 종업원은 여기서 시간을 허비하고 싶지 않은 듯 재빨리 끼어들었다.

"그라믄 여섯 분이지라? 방에 가쇼잉."

그렇게 이성진 일행과 정진건 일행은 의도치 않게 합석하여 방 안에 모였다.

"이 중에 초면인 사람도 있는 모양이니 먼저 소개하지. 여긴 얼마 전에 광수대로 온 여진환 형사야."

정진건의 말에 이성진은 잠시 멈칫했다가 빙긋 웃으며 여진환에게 인사했다.

"아, 여진환 형사님. 여기서 뵙게 되네요. 제가 일찍 연락을 드렸어야 했는데…… 인사가 늦었습니다. 이성진이라고 합니다."

저 도련님, 장건후한테는 순경이라고 들었는데, 그새 진급을 했나?

이성진이 속으로 생각하는 사이 여진환이 이성진의 인사를 자연스럽게 받았다.

"아니야. 이렇게라도 봤으니 됐지. 만나서 반갑다."

그제야 강하윤도 둘을 소개하려 했다는 것을 떠올리곤 아, 하며 고개를 끄덕였다.

그 모습에 정진건이 의아해하는 얼굴이자 강하윤이 웃으며 말했다.

"여 형사가 로스트 빈의 팬이지 말입니다. 그래서 언젠가 제게 성진이를 소개해 달라고 부탁한 적이 있습니다."

"……아, 그랬군."

이성진은 이성진대로, 눈앞의 여진환에 대해 조금 더 밑조사를 한 뒤 만남을 고려하고 있던 차에 이번 만남을 조금 갑작스럽다고 여기는 중이었지만, 그는 내색하지 않았다.

"아 참, 이쪽은 제 비서인 전예은 씨입니다."

여진환은 '비서치고는 어린데' 하고 생각하는 한편 '사장부터가 초등학생'이라는 현실을 떠올리곤 전예은과 인사를 주고받았다.

그렇게 돌아가며 인사를 하고 있을 때 이성진의 핸드폰이 울렸다.

"잠시 실례하겠습니다."

이성진은 양해를 구하며 방을 나갔고, 이성진과 교차하여 종업원이 곱창전골 6인분 상차림을 놓았다.

종업원이 나가자마자 강하윤이 전예은에게 말을 건넸다.

"그런데 예은이랑 성진이를 여기서 볼 줄은 꿈에도 몰랐어."

강하윤의 말에 전예은이 쓴웃음을 지었다.

"저도요."

"밥 먹으러 온 거니? 아니면 이 근처에 따로 볼일이 있어서?"

그도 그럴 것이 여기서 다리만 건너면 방송국이 모인 여의도 일대니까.

"아뇨……. 그냥 밥만요. 사장님께서는 제가 곱창전골을 먹고 싶어 한다고 생각하신 모양이거든요."

"어머나, 귀여워라. 성진이가 잘 챙겨 주는구나?"

강하윤은 전예은의 속도 모르고 그런 말을 해 대고 있었지만 강하윤이나 이성진이나 둘 다 악의는 없다는 점이 더 나쁘다고, 전예은은 속으로 생각했다.

"그러게요."

그러면서 전예은은 타는 속을 냉수로 씻어 내렸지만.

만약 이대로 대화가 더 이어졌다면 전예은의 입에서 '이성진이 오늘만 두 번째 이 집을 찾았다'는 이야기가 나올 뻔했지만, 불행인지 다행인지 그런 일은 벌어지지 않았다.

드르륵, 이성진을 대동한 채 문을 열고 들어온 건 선글라스를 쓴 늘씬한 미녀, 김승연이었다.

"여기예요."

"……"

김승연은 선글라스 너머로 앉은 사람들의 면면과 허름한 실내를 둘러보며 입가를 실룩이곤 이성진을 보았다.

"이런 가게인 줄은 상상도 못 했어."

"제가 말 안 했나요?"

"안 했어! 정말이지 사람을 놀려도……."

그러며 김승연은 이대로 자리를 뜰 기색이었지만, 전예은이 슬쩍 건넨 물 컵을 받아 들곤 벌컥벌컥 들이켰다.

"휴우, 됐어. 그나마 에어컨은 빵빵하네."

김승연은 마지못해 이성진 곁에 앉은 뒤 선글라스를 벗었다.

"어?"

김승연이 들어올 때부터 '윤아름이 아니네. 연예인이라더니 뭐 하는 사람이지?' 하고 불편해하던 강하윤은 그녀가 선글라스를 벗자마자 한눈에 김승연임을 알아보았다.

"혹시, 김승연…… 씨?"

"맞아요."

연예인이 온다더니 이런 거물을 데리고 올 줄이야.

강하윤은 그렇게 생각하면서 멍하니 이성진을 보았다가, '아, 따지고 보면 얘가 더 대단하지.' 하고 새삼스러운 자각에 머리를 긁적였다.

"아, 그, 만나 뵙게 되어 영광입니다. 저는 광역수사대 강하윤 형사라고 합니다."

……경찰?

강하윤의 소개에는 김승연도 내심 놀랐다.

"뭐야, 성진이 너, 분명 아까 전화로는 회사 회식 자리라고 했잖아?"

김승연의 말에 이성진은 어깨를 으쓱였다.

"아, 예. 그랬죠."

처음에는.

이성진은 담담하게 김승연의 말을 받았다.

"자리가 없어서 합석했거든요."

"……."

"그럼 제가 소개 드릴게요. 여기 계신 분은……."

이성진은 돌아가며 소개를 마쳤고, 김승연은 한숨을 내쉬며 마지못해 자기소개를 했다.

"처음 뵙겠습니다. 다들 아시겠지만 김승연이에요."

김승연의 소개에도 불구하고 TV와 인연이 먼 정진건은 그녀가 연예인이라는 것 말고는 별 감흥이 없었고, 여진환 역시도—그의 경우 가정환경상 유명 인사는 숱하게 만나 보았기에 별다른 감흥이 없다는 점에선—정진건과 입장이 비슷했다(여진환은 오히려 이런 자리에 김승연을 아무렇지도 않게 데려 온 이성진에게 더 관심이 가는 입장이었다).

그런 두 남자를 보며 김승연은 어처구니가 없다는 듯 눈을 깜빡였다.

"……저 몰라요?"

"모릅니다."

"……."

경찰을 상대로 해서는 평소처럼 세게 나갈 수 없었던 김승연은 떨떠름한 얼굴이 됐다.

이건 기 싸움도 뭣도 아닌, 그냥 정말로 '김승연이 누군지 모른다.'는 것이었으니까.

'……정말이지.'

평소부터 자신을 떠받드는 사람들 사이에서만 지내 본 김 승연으로서는 자존심이 퍽 구겨지는 자리였다.

그나마 '아무리 그래도 어떻게 김승연을 모를 수가 있습니 까?' 하고 비호 아닌 비호를 해 준 강하윤과 이어서 곱창전골 을 들고 온 종업원이 '어라, 티비에 나오던……' 하며 호들갑 을 떨어 준 덕에 그 자존심이 밑바닥까지 추락하진 않았지만.

서로 입장도 처지도 꿍꿍이도 다른 사람들이 한데 모인 자 리였지만 분위기는 그렇게 나쁘지 않았다.

처음엔 곱창전골을 꺼려 하던 김승연도 마지못해 한입 맛 보곤 썩 나쁘지 않다는 듯 밥공기를 비워 갔고, 이따금 강하 윤이 보이는 관심에 자존심도 조금은 회복했다.

계산은 정진건이 했다.

그 모습을 보던 여진환은 기다렸다는 듯 '근처에 로스트 빈 이 있으니 가지 않겠느냐'고 제안했고, 자연스레 남성 그룹과 여성 그룹이 나뉘어 남성 그룹은 로스트 빈으로, 여성 그룹 은 인근 후미진 곳으로 향했다.

여성 그룹이 후미진 곳을 찾은 까닭은 오랜만에 기름진 걸 먹어서 식후 담배 한 모금이 당긴 김승연이 이들을 데리고 일부러 인적이 드문 곳을 찾았기 때문이다.

길거리에서 흡연을 하는 것이 별로 이상한 일이 아닌 시대였지만, '여자가 길거리에서' 담배를 피우는 것에 색안경을 끼고 보는 사람이 많은 시대였고, 김승연은 명색이 연예인이기까지 했으니까.

'그러면서 우리 앞에서 서슴없이 담배를 태우는 건 한편으론 어떤가 싶긴 한데.'

김승연은 보기보다 단순한 삶을 사는 인물이다.

'이미 저 언니에게 우리는 같은 편이 되어 있는 거려나.'

전예은은 그렇게 생각하며 연기를 피해 멀거니 섰고, 그런 전예은에게 강하윤이 웃으며 말을 건넸다.

"그래, 어땠니? 맛있었어?"

"아, 네."

전예은이 대답했다.

"무척 좋았어요. 멀리까지 온 보람이 있네요."

"아하하, 예은이가 그렇다고 하니까 추천한 보람이 있네."

솔직히 말하면 그 정도는 아니지만, 말로는 천 냥 빚도 갚는 법이니까.

'음, 이걸로 내 취향을 고착화하려는 건 별로지만.'

그 대화에 김승연이 바닥에 재를 툭툭 털며 끼어들었다.

"뭐야, 여기 너희 회사 단골 아니었어?"

"아니에요. 저도 오늘 처음 와 본걸요."

"그래? ……그러면 성진이 취향인가."

가게에서 본 이성진은 오늘이 연속된 끼니여서 그런지, 아니면 처음부터 그렇게까지 좋아한 건 아니었는지 먹는 둥 마는 둥 하는 모습이어서 전예은은 쓴웃음을 지었다.

"그건 아닐 거예요. 사장님은 제가 여기 오고 싶어 한다고 생각하셔서 일부러 시간을 내신 거거든요……. 아, 물론 식사는 맛있었어요."

"흐음, 그랬구나."

김승연은 잠시 생각하다가 픽 웃었다.

"걔도 참 죄 많은 남자네. 나중에 커서 여럿 울리겠어."

그러게 말이에요.

전예은은 그렇게 말하고 싶은 걸 꾹 눌러 참았다.

"그게 무슨 말이야?"

강하윤이 고개를 갸웃하며 김승연에게 물었다.

자리가 자리여서일까, 식사 중 강하윤과 비슷한 나이인 걸 알게 된 김승연은 그녀와 말을 튼 상태였다.

"뭐긴, 그 꼬마가……."

김승연은 무어라 말하려다가 고개를 저었다.

"됐어. 당사자가 없는 곳에서 남 이야기는 하지 않는단 게 내 철칙이거든. 그런 거 당해 보면 기분 나쁘니까."

"……."

"왜?"

"아니, 그냥."

짧은 중얼거림이었지만, 강하윤은 왠지 그 말에 마냥 화려하게만 보였던 김승연의 인생이 압축되어 있는 것처럼 느꼈다.

전예은 역시도 실은 김승연이 꽤 마음에 들었다.

김승연은 전예은이 누구인지 이성진의 소개를 식당에서 들으며 속으로는 꽤 많은 생각을 했지만, 생각한 내용을 입 밖으로 내지도, 그리고 관련한 생각조차도 '쿨하게' 구석으로 밀어 버리고 말았으므로.

김승연의 생철학은 단순하지만, 그만큼 올곧은 면도 있었다.

그런 의미에서 김승연은 여러모로, 진정 자기중심적인 삶을 사는 사람이라고 전예은은 생각했다.

'나는 저렇게 못 하겠지.'

좋은 건 좋다고, 싫은 건 싫다고 말할 수 있는 성격.

그렇기에 주위에 오해를 사기 쉽고, 그런 그녀를 시샘하는 적도 많다.

'저 언니가 우리 회사에 와 주면 좋겠어.'

애당초 김승연이 이성진을 만나고자 한 까닭도 그 됨됨이를 자신의 눈으로 재확인하고 SJ엔터테인먼트로 이적을 생각하는 것이었으니까.

'아마 사장님도 그걸 기대하고 계실 거야.'

전예은 일행이 그러고 있을 때, 로스트 빈으로 향한 이성진 일행은 의외의 인물을 만났다.

'일단 대한민국에 커피 문화를 정착시키자'는 이성진의 경영 전략으로 저렴한 초기 자본금과 높은 마진, 관리의 용이성, 본사의 아낌없는 지원에 힘입어 꾸준히 확장세를 이어 가고 있는 로스트 빈은 서울에만 벌써 수십 개의 점포를 확장해 두었다.

그런 로스트 빈은 광수대가 자리 잡은 마포 일대에도 들어서서 카페인이 필요한 뭇 현대인들에게 오아시스가 되어 주었고, 자타공인 커피 마니아인 여진환은 광수대 인근에 로스트 빈이 있다는 것이 이번 이직의 가장 큰 장점이라 여기고 있었다.

"아, 그럼 평소에도 원두를 배합해 커피를 내리시나요?"

이성진의 말에 여진환이 고개를 끄덕였다.

"응, 어디까지나 취미 수준이지만."

그 말에—요즘 정진건 같으면 이런 대화에 끼어들지 않겠지만 이성진이 있어서일까—잠자코 있던 정진건도 모처럼 한마디를 거들었다.

"취미 수준이 아니던데."

그런 정진건의 변화를 아는지 모르는지, 이성진이 방긋 웃으며 물었다.

"그 정도예요?"

"음, 커피에 대해 잘 모르는 나도 맛있다고 느꼈을 정도였지."

"그랬군요."

여진환은 정진건의 칭찬에 기분이 꽤 고양됐는지, 활짝 웃었다.

"하하, 과찬이십니다. 그래도 로스트 빈 대표님이 보시기엔 아마추어의 영역이죠."

이성진이 쓴웃음을 지었다.

"아니에요, 전 커피 못 마시거든요."

"……아."

그러고 보니 강하윤이 '로스트 빈 대표는 커피를 마실 줄 모른다'고 말했던 것이 새삼 기억난 여진환이었다.

'그냥 해 본 말이 아니었나?'

여진환이 멋쩍은 웃음으로 이성진의 말을 받았다.

"그거, 강 형사님께 들은 거 같다. 커피가 몸에 안 받는다면서?"

"네, 뭐라고 할까……."

이성진은 '마치 술에 취한 것처럼 흥분 상태가 된다.'고 답하려다가 '애가 취기를 안다는 것부터가 이상한 일'이라는 걸 깨닫곤 비유를 고쳤다.

"이상하게 커피만 마시면 횡설수설하고 말이 많아져서요."

이성진의 말에 정진건이 고개를 끄덕였다.

"이를테면 술에 취한 것처럼 된단 말이군."

이성진은 정진건의 말에 동의하고 싶은 기분을 일부러 참으며 맞장구를 쳤다.

"아, 술에 취하면 그런 기분이 드나요?"

그것도 순진무구하게 눈을 반짝이면서.

"……개인차는 있겠지만 보통 그렇지."

커피가 몸에 들어오면 술처럼 된다니, 여진환은 그게 좋은 건지 아닌지 모르겠다고 생각했다.

"그렇군요. 뭐, 커피만 그럴 뿐이고 녹차나 홍차는 괜찮은 걸 보면 카페인 때문은 아닌 것 같고……. 그냥 체질 문제인가 봐요."

이성진의 말을 들으며 여진환은 '그래서 로스트 빈에서 홍차를 팔고 있나' 하고 생각했다.

사실 강하윤의 말을 들을 때만 하더라도 이 시기 대한민국 사회가 통설처럼 받아들이고 있는 '어린이에게 카페인은 해롭다'든가, '아직 어려서 커피 맛을 모르는 것' 정도로 받아들였던 여진환은 진심으로 이성진을 동정했다.

'불쌍하기도 하지.'

그도 그럴 것이 그는 커피를 모르면 인생의 절반 이상을 손해 보는 거라고 믿는 사람이었으니까.

"그런 것치고 로스트 빈 커피는 본격적이던데?"

"원두 배합은 신화호텔의 노하우를 빌리고 있거든요. 물론 완전히 똑같이 하지는 못하지만 전체적으론 신화호텔 수석 바리스타의 레시피를 따르고 있어요."

"아, 왠지 커피에서 신화호텔 느낌이 들더라니 역시 그랬 구나?"

이성진은 그걸 알아맞힐 정도라니 아무래도 여진환은 시 대를 잘못 타고난 것 같다고 생각했다.

"네. 실은 저도 그래서 하윤 누나에게 형이 저를 만나 보고 싶다는 이야기를 듣고도 선뜻 만나기 죄송했어요. 형이 로스 트 빈을 아껴 주시는 건 경영자로서 감사할 일이지만 정작 저는 커피에 대해 문외한이어서……."

이성진을 만나려 한 이유가 비단 커피 때문만은 아니었던 여진환은 속이 뜨끔했지만, 다행히도 그 뜨끔한 속내를 애써 내색하지 않을 수 있었다.

"아니야, 신경 쓰지 마. 오히려 괜히 부담을 지운 거 같아 서 미안하다."

"아니에요. 그래서 저는 차라리 저희 수석 바리스타랑 스케 줄을 조율해서 그분을 형에게 소개해 드릴까 생각했거든요."

물론 실상은 여진환의 꿍꿍이를 경계하느라 정보가 모일

때까지 차일피일 미룬 것에 불과했고, 그럴 예정은 염두에 두지도 않았지만.

여진환은 이성진의 거짓말에 깜빡 넘어가 크리스마스를 앞에 둔 어린아이처럼 눈을 반짝였다.

"정말로?"

거, 되게 좋아하네. 진짜로 그런 자리를 만들어 봐야겠다.

여진환 개인은 그저 그렇지만, 그 출신은 알아 두어서 나쁠 것 없는 빵빵한 집안이니까.

"물론이죠. 조만간 시간을 내 볼게요. 언제가 한가하세요?"

"어흠, 어디 보자, 스케줄이……."

한 걸음 뒤로 물러서 있던 정진건은 젊은이 둘의 대화를 들으며 저도 모르게 미소를 지었다.

열정을 쏟을 수 있는 일에 매진하는 청년을 보는 건 중년 사내 눈에 꽤 흐뭇한 광경이니까.

그렇게 대화를 나누는 사이 세 사람은 로스트 빈에 도착했다.

그리고 그들은 그곳에서 박강호 검사를 만났다.

"아."

먼저 커피를 주문하던 박강호가 그들을—정확히는 여진환—먼저 알아보았다.

"커피 사러 오셨습니까."

박강호의 인사를 정진건이 대표로 받았다.

"예, 검사님도요?"

"하하, 예. 살펴보고 싶은 서류가 조금 있어서요."

그러는 박강호의 시선은 자연스럽게 이 자리에 어울리지 않는 이성진을 향했다.

"이쪽은……."

"아, 예. 개인적으로 잘 알고 지내는 꼬마입니다. 이성진이라고."

이성진.

그 이름을 들은 박강호의 눈빛이 조금 날카롭게 변하는가 싶더니, 이내 서글서글한 미소로 바뀌었다.

"아하, 그렇군요. 이 소년이."

박강호가 웃으며 이성진에게 손을 내밀었다.

"네가 이성진이구나. 이야기 많이 들었다. 아저씨는 이번에 김보성 검사님 후임으로 들어온 박강호라고 해."

"네? 아, 네. 처음 뵙겠습니다. 이성진입니다."

"그래."

이성진은 박강호의 목소리를 들은 직후 그가 점심때 이성진이 있던 옆방의 '모 검사'임을 단박에 눈치챘지만, 그가 데면데면하게 그 손을 받은 건 연기가 아니었다.

'씁, 그때 옆방에 있던 게, 그 박강호 검사였어?'

목소리만 들을 땐 긴가민가하던 이성진이었지만, 박강호

의 얼굴을 보니 그와 맺은 전생의 악연이 새록새록 떠오르는 이성진이었다.

전생의 박강호는 이성진이 속한 바닥에서는 이른바 '불독'이라 불리던 악질(어디까지나 이성진 입장에서) 검사였던 것이다.

'제길, 김보성 후임으로 들어온 게 하필이면 이 인간이라니.'

그야 이성진 본인도 지금 느끼는 감정이 (전생에)자라 보고 놀란 가슴이 솥뚜껑 보고 놀라는 격이라는 건 자각하고 있었지만, 이성과 감정은 항상 같질 않은 법이다.

'게다가 방금 그 표정은……'

이쪽을 의심하는 눈치다.

'혹시 점심때 엿들은 걸 눈치채고 있나?'

그나마 다행인 건 범죄자에게 일체의 관용을 베풀지 않는 박강호 검사가 담당이니, 그러면 조세광에게 할 수 있는 최대한의 형량을 구형할 것이 예상된다는 점이었다.

'그야 구형과 판결은 다르지만, 내 입장에선 조세광이 오랫동안 감옥에 있을수록 유리하니까.'

이성진의 속내를 알 리가 없는 박강호는 자연스레 그 손을 놓고 정진건을 보았다.

"그나저나 이 시간에 형사님들과 함께 있는 게 조금 신기하군요. 성진이가 이 근처에 볼일이라도 있었나요?"

"우연히 만났습니다. 곱창전골 집에서 합석을 했거든요."

"곱창전골집이라면…… 골목 옆에?"

"예, 거깁니다."

마침 오늘 점심때 김보성의 초대로 곱창전골 가게를 방문했던 박강호였다.

"하하, 이거, 멀리서 찾아올 정도의 맛집이었나 봅니다."

"저희 강 형사가 추천해서요. 강 형사와 친하게 지내는 비서가 한번 찾아와 보고 싶었던 모양입니다."

"그랬군요."

서로가 업무상 얼굴만 아는 정도인, 다소 데면데면한 사이끼리 짧게 환담을 나눈 박강호는 의식적으로 손목시계를 힐끗 쳐다보곤 카운터에서 자리를 비켰다.

"하하, 반가운 나머지 제가 형사님을 너무 오래 붙잡았군요."

"아닙니다."

"그럼 먼저 실례하겠습니다."

박강호는 고개를 꾸벅 숙여 보이곤 여진환과 눈을 마주친 뒤 가게를 나섰다.

'곱창전골집에서 우연히 만났다?'

그러잖아도 점심때 이성진 일행이 나간 뒤 주인을 불러 옆방 손님의 인상착의를 들었던 박강호는 '만나 본 적은 없지만, 혹시 이성진이었던 건 아닌가?' 생각했던 차였으나.

'……아니었던 모양이군.'

자발적으로 확증 편향의 늪에 발을 들이밀었다.

'하긴, 아무리 마음에 들었다곤 해도 연거푸 두 번씩이나 같은 걸 먹진 않을 테니까.'

그것도 '엿듣기'를 했다면 더더욱.

그렇게 박강호가 매장을 떠나고 난 뒤, 이성진은 놀란 가슴을 쓸어내리며 정진건에게 물었다.

"방금 그분이 김보성 검사님 후임이신가 보죠?"

"그래."

다만 아직 어린애에게 김보성이 정치적 이유로 물러났다는 걸 말하고 싶지 않았던 정진건은 길게 말할 것도 없다는 듯 곧장 화제를 고쳐 말을 이었다.

"그러면 아이스 아메리카노라는 걸로 여섯 개 주문하면 되나?"

"아, 저는 아이스티로 해 주세요."

"맞아, 그랬지. 깜빡했군."

"이번에는 제가 살게요, 아저씨. 저녁도 얻어먹었는데……."

이성진이 나서려는 걸 정진건이 픽 웃으며 만류했다.

"됐어. 네가 나보다 지갑이 두껍다는 건 나도 알지만 그래도 이런 건 어른이 사야 하는 거야."

"……네. 감사합니다."

게다가 이성진이 해 준 일을 생각하면, 식사에 커피까지

대접하는 것쯤이야 대수로운 일도 아니라고, 정진건은 속으로 생각했다.

정진건이 주문을 하는 사이, 이성진은 아까 전과 달리 부쩍 말이 없어진 여진환을 보았다.

'박강호와 만나고부터 이렇게 됐으니…… 그와 개인적으로 아는 사이인가?'

뭐, 장건후가 가져온 정보를 토대로 생각하자면, 여진환은 그 잘난 법조계 집안에서 혼자 경찰이 된 애물단지 막내인 모양이니 그 형님의 지인 중에 박강호가 포함되어 있을지도 모르겠군.

이성진은 속으로 생각하면서 여진환에게 무해한 질문을 건넸다.

"형도 괜찮아요? 아이스 아메리카노요."

"……응? 아, 그래."

여진환이 허둥지둥 이성진의 말을 받았다.

"아이스 아메리카노가 왜?"

"아뇨, 왠지 형이라면 이탈리아인들처럼 '아메리카노는 사도다!' 하고 말씀하실 거 같아서요."

여진환은 그 말에 잠시 당황했다가 이내 이성진이 농담을 건넨 것을 깨닫곤 미소를 지었다.

"그 정도는 아니야. 오늘처럼 무더운 여름밤에는 아이스 아메리카노도 좋다고 생각하거든."

그러며 여진환이 이성진에게만 들리게 목소리를 살짝 낮췄다.

"뭐, 네 생각대로 개인적으론 아메리카노보다 에스프레소를 더 좋아하지만."

"아하, 사회인의 처세군요."

"하하하, 그 말을 너한테 들으니 조금 그렇긴 한데 틀리진 않아."

벌써 꽤 친해졌나 보군.

정진건은 주문을 마치고 난 뒤에도 일부러 멀찍이 물러서서 이성진과 여진환이 대화하는 양을 지켜보았다.

이성진의 예상대로 역시 커피 관련한 이야기가 나오기 시작하자 여진환은 마음의 빗장을 풀었고, 이성진은 그의 커피 지론에 맞장구를 쳐 주며 듣다가 슬쩍 말을 건넸다.

"아, 형. 그런데 혹시 방금 전 박강호 검사님과 개인적으로 아는 사이세요?"

이성진의 질문에 여진환이 멈칫했다가 미소를 지었다.

"그야, 같은 광수대 건물에 있으니까 아는 사이라면 아는 사이지. 왜?"

둘러대는 걸 보니 여진환은 자신의 집안 이야기를 하고 싶어 하지 않는 눈치였다.

"아뇨…… 왠지 모르게 두 분이 사적으로도 알고 지내는 사이 같다는 느낌이 들었거든요."

"……."

"제 착각이면 죄송하고요."

여진환은 결국 어깨를 으쓱이며 시인했다.

"그렇게까지 잘 아는 건 아니고, 우리 형이랑 검사님이 사법연수원 동기야."

"그러셨군요."

생각대로군.

이성진은 속으로도, 겉으로도 미소를 지었다.

'김보성을 보내고 나서 검찰 쪽 정보를 어떻게 얻어 낼지가 고민이었는데, 역시 솟아날 구멍은 있었어.'

우리는 벤치에 앉아 사 온 커피를—나는 아이스티를—홀짝였다.

여성 그룹 쪽은 그새 더 친해졌는지, 김승연을 필두로 분위기가 꽤 화기애애했고, 우리는 우리대로, 나와 여진환이 나누는 대화를 정진건이 가만히 듣는 형태로 편안한 시간을 보냈다.

'처음엔 서로 잘 섞이지 않을 것 같은 그룹이라고 생각했는데, 어째 나쁘지 않군.'

두 끼니 연속으로 곱창전골을 먹어서 속이 더부룩할 것 같앉던 나도, 몸뚱이가 쇠도 씹어 삼킬 나이여서 그런지 멀쩡했다.

'이게 젊음인가.'

다만 한 가지 마음에 걸리는 점이 있다면 전예은이 여기 있던 경찰들을 통해 내가 그녀에게 말하지 않고 진행 중인 음지의 일을 어떻게 받아들이고 있을지.

'전예은은 양날의 검이지. 그 능력이 편리한 만큼 경우에 따라선 나를 해칠 수도 있어.'

그러는 나도 전예은이 당장 나를 배신하진 않을 거라고 생각하고는 있지만.

'전예은의 행동 양상은 때로 쓸데없는 정의감 따위에 휘둘리는 경향도 있으니까.'

이를테면 얼마 전에 있었던 지유진의 납치극처럼.

그때는 덕분에 사태를 미연에 방지할 수 있었으나, 이익을 고사하고 움직이는 양태는 내게도 불확정 요소였다.

'경계는 해야겠지, 나도.'

그러며 각자 어느 정도 커피를 비워 냈을 때, 정진건이 내게 말했다.

"운전기사는 지금 휴가 중이랬지?"

"아, 네."

"올 땐 어떻게 왔나?"

"택시를 타고 왔어요."

정진건은 고개를 끄덕이곤 전예은을 힐끗 쳐다보았다.

"비서 아가씨는 어느 동네에 살지?"

"분당이에요."

"……흠."

그런데 그건 왜 묻는담.

정진건은 그런 내 생각을 읽기라도 한 양 말을 이었다.

"가까우면 바래다주려고 했거든. 성진이 너는 우리 집과 멀지 않은 곳에 살고 있으니 문제 될 거 없지만…… 저 아가씨가 사는 곳까진 조금 멀리 돌아가야 해서."

그런 이유였나.

나는 정진건에게 미소를 지었다.

"신경 써 주셔서 감사합니다. 그래도 괜찮아요. 예은 씨는 따로 택시 불러서 가면 되니까요."

"……그래도 늦은 시간에 아가씨 혼자 태워 보내기는 좀 그렇지 않나."

그런 걸 신경 쓰고 있었나.

그때 저만치 떨어져 서 있던 김승연이 내게 다가왔다.

"야, 이성진."

"네?"

"근처에 윤아름 살지?"

뭐, 윤아름이야 여기서 멀지 않은 곳에 살고 있기는 한데.

이 사람은 왜 또 그런 걸 묻는담.

"왜요?"

"아까 이야기가 나왔는데, 근처에 살면 불러 볼까 해서."

설마 윤아름을 괴롭히려고?

내 눈에 흙이 들어가기 전까진 안 되지.

"죄송해요. 소속 배우의 사생활은 지켜 주고 싶거든요."

"……."

"……왜 그러세요?"

"너, 설마 내가 윤아름한테 가서 군기라도 잡을까 봐 그래?"

속이 뜨끔했지만, 나는 내색하지 않았다.

"그럴 리가요."

"아무튼 네가 생각하는 그런 거 아니거든? 어쨌거나 이번 드라마, 걔가 내 아역을 맡게 되는 건 이미 확정된 거나 마찬가지니까 배역 연구는 해야 할 거 같아서."

엥? 확정된 건가?

"얘는. 못 들었어?"

"엔터 쪽 일은 되도록 마동철 전무님께 일임해 두고 있거든요. 또, 업무상의 일이면 지금은 시간이 좀 늦었다고 생각하고요."

"오히려 그래서야."

김승연이 고개를 까딱이며 이쪽을 보고 있는 전예은을 힐끗 쳐다보았다.

"하는 김에 쟤도 겸사겸사 우리 집에서 재울게. 들으니까 꽤 먼 곳에 살던데, 이 시간에 여자애 혼자 보내면 안 되잖아."

정진건도 그렇고 다들 전예은을 걱정하는군.

'흠, 이 시대엔 아직 그런 걸 위험하다고 인식하고 있는 건가?'

어쩌면 내 안전 감각은 아직 근미래에 머물러 있는 걸지도 모르겠다.

사실 이 시대만 하더라도 범죄율은 결코 낮지 않은 편이었고, '세계가 부러워하는 안전한 대한민국'이 만들어진 건 곳곳에 CCTV와 차량 블랙박스가 설치되고 난 뒤라고 보는 시선도 있을 정도니까.

하긴, 더욱이 불과 얼마 전만 하더라도 박상대가 택시 강도를 당해 사망하기도 했으니 일반 대중은 아직 밤거리를 위험하다고 인식하고 있을지도 모르겠다.

'그래도 윤아름의 능력이면 위험한 택시 기사는 한눈에 알아 볼 텐데, 뭘.'

그나저나 강이찬이 없으니 이래저래 불편한 일이 생기는군.

나는 김승연의 말을 차분히 받았다.

"그러면 제가 택시로 예은 씨를 바래다줄게요."

"아, 꼴에 남자다? 그래 봐야 너도 애잖아."

거 직설적이네.

잠자코 있던 정진건이 김승연을 거들고 나섰다.

"나도 김승연 씨만 괜찮다면 그편이 좋다고 본다."

"거봐, 형사 아저씨도 그렇게 생각하신다잖아."

두 사람의 협공에는 나도 두 손을 들 수밖에 없었다.

"……예은 씨 의견은요?"

"너한테 맡긴다는데?"

그렇다고 하니, 전예은도 김승연의 '배려'를 간파한 것일 터.

악의가 없는 거라면 오히려 김승연의 제안에 감사해도 부족할 지경이다.

"알겠습니다. 그러면 예은 씨 잘 부탁드려요."

"걱정 마. 우리 집 넓거든."

"……하지만 윤아름 호출 건은 저도 그쪽 의사를 듣고 결정하겠습니다. 이런 일에는 당사자의 견해가 중요하니까요."

"그러든가."

김승연은 윤아름이라면 당연히 이 제안에 응할 거라고 생각하는 모양이었다.

"그럼 잠시 통화 좀 하고 올게요."

나는 양해를 구한 뒤 윤아름에게 전화를 걸었다.

몇 차례 신호가 가고.

─여보세요.

"아, 나야. 이성진.

─……응? 시간에 네가 어쩐 일이야?

"그게 말이지."

나는 윤아름에게 오늘 저녁 김승연과 함께 밥을 먹었다는 것과 김승연이 '배역 연구'로 윤아름을 자신의 집에 초대했으면 한다는 내용을 전했다.

─……그렇구나.

수화기 너머로도 윤아름의 떨떠름한 기색이 느껴질 정도였다.

"싫으면 안 해도 돼."

─아니야. 오히려 잘됐어. 그러면 어디로 가면 돼?

"그 이야기는 아직 못 들었어. 나도 일단은 네 허락을 구하려고 전화한 거고."

─알겠어. 그러면 나도 가겠다고 전해 줘.

"그래."

─그럼 나도 준비해야 하니까 이만 끊을게.

윤아름도 이 일에 정면으로 맞서 볼 생각인 듯했다.

'뭐, 전예은이 있으니까 크게 걱정은 안 하지만.'

나는 통화를 마치고 김승연에게 돌아갔다.

"그러겠대요."

"거봐."

김승연이 고개를 까딱였다.

"아무튼 그렇게 됐으니까……. 예은이 부모님한테는 네가 전화하는 게 좋을까?"

전예은의 부모님이라.

나는 어떻게 말할까 생각하다가 얼버무렸다.

"그 부분은 예은 씨가 알아서 할 테니 신경 안 쓰셔도 돼요."

"그래? 그러면 됐고."

김승연도 더 캐묻는 일 없이 그쯤에서 용건을 마치고 이번엔 정진건을 보았다.

"그러면 예은이는 제가 케어할게요. 형사 아저씨는 성진이랑 돌아가세요."

"예, 그러죠."

내가 윤아름과 통화하는 사이 따로 대화를 마쳐 둔 모양이다.

"먼저 가 보겠습니다. 성진이 너도."

"네, 잘 부탁드려요."

"신경 쓰지 마."

김승연은 그렇게 말하곤 전예은에게 다가갔고, 전예은은 그녀와 무어라 대화를 주고받은 뒤 내게 쪼르르 다가와 인사했다.

"사장님, 오늘은 먼저 실례하겠습니다."

"그래요. 내일 봅시다."

그러고 전예은은 김승연에게 돌아가 강하윤과 작별 인사를 주고받은 뒤 그녀와 함께 주차장으로 사라졌다.

"그럼."

강하윤이 돌아오길 기다린 정진건이 벤치에서 몸을 일으켰다.

"우리도 이만 해산하지. 나는 차가 광수대에 있으니 그쪽으로 가 볼 테지만, 자네들은 알아서들 가."

"예. 선배님. 성진아, 그럼 다음에 보자."

나는 강하윤에게 미소를 지어 준 뒤, 여진환을 보았다.

"그러면 형, 조만간 또 연락드릴게요."

"그래, 만나서 반가웠다."

그 뒤, 나는 정진건과 함께 그 자가용이 주차되어 있는 광수대로 갔다.

이성진과 정진건이 떠나고 난 뒤, 강하윤이 여진환에게 말을 붙였다.

"만나 보니까 어때?"

"……착하네요. 의젓하니 어른스럽고."

여진환이 말을 이었다.

"선배님이 마음에 들어 하시는 이유를 알 거 같습니다."

"그렇지? 알고 보면 대단한 도련님이신데 생긴 거랑 다르게 의외로 털털하고 사교적이란 말이야."

"……그러고 보니 걔 삼광 그룹 장손이었죠."

"응. 드라마에서 보던 거랑은 다르지? 아, 여 형사는 드라마 같은 건 안 보는 모양이니까 그런 건 잘 모르겠다. 그보단 TV 자체를 잘 안 보지?"

"그렇긴 합니다만…… 어떻게 아셨습니까?"

강하윤이 웃었다.

"어떻게 알았긴. 김승연을 앞에 두고도 태연했으니까. 선배님은 그렇다 쳐도 여 형사까지 그럴 줄은 몰랐어."

"하하……."

"뭐, 승연 씨도 별로 신경 쓰는 눈치는 아니었으니까 내가 왈가왈부할 건 없지. 오히려 그런 분위기를 재밌어 하는 것처럼 보일 정도였고."

"그러는 선배님도 그 배우랑 금세 친해지셨네요."

"……그러게. 성진이 때문에 유명 인사에 내성이라도 생겼나?"

강하윤은 고개를 갸웃했다가 씩 웃었다.

"그래도 뭐, 우연히 합석한 것치곤 꽤 좋았지?"

"정말입니다."

여진환의 맞장구에 강하윤은 고개를 끄덕이곤 얼굴의 그 미소를 쓴웃음으로 고쳤다.

"뭐, 결국 '팀끼리 회식'한다는 당초의 목적과는 거리가 멀어졌지만."

"하하, 그렇긴 하네요. 그래도 분위기는 다들 화기애애하고 좋지 않았습니까?"

글쎄.

강하윤은 그럼에도 정진건이 '여전히' 무기력해 보였다고 생각했다.

'하긴 오히려 우리끼리 있었으면 어색한 분위기로 회식을 했을지도 모르겠어.'

강하윤이 물었다.

"뭐, 우리 여자들끼리는 꽤 분위기가 좋았는데, 여 형사 쪽은 어땠어?"

여진환은 그 말에 '좋았습니다.' 하고 말하려다가 멈칫했다.

"왜?"

"아, 그게…… 이것도 우연이긴 합니다만 실은 아까 커피 사러 갔을 때 우연히 박강호 검사님을 뵈었습니다."

"박강호 검사님? 아직 퇴근 안 하셨어?"

"예, 들여다볼 서류가 있다고 하셔서요."

"열정적이시네."

강하윤은 이제 얼음 녹은 물만 남은 컵을 빨대로 쪽 빨았다.

"그런데 여 형사."

"예, 선배님."

"혹시 박강호 검사님이랑 따로 아는 사이야?"

여진환이 움찔했다.

"……예?"

"아니, 그 왜. 저번에 인사했을 때 왠지 그런 느낌이 들어서."

이게 소위 말하는 '형사의 감'인 걸까.

습관처럼 부인하려던 여진환은 문득, '도련님'이면서도 그걸 의식하지 않던 이성진을 떠올렸다.

'……나도 너무 어렵게 생각할 뿐인가.'

이성진의 영향인지, 생각을 고쳐먹은 여진환은 강하윤의 말에 인정했다.

"예. 실은 박강호 검사님이랑 저희 형님이 사법 연수원 동기여서요."

"아, 그랬어?"

강하윤의 반응은 싱거웠다.

"참 묘한 인연이네. 세상 참 좁다."

"……예."

그래, 세상은 결코 누군가를 중심으로 돌아가는 법이 없고, 타인의 일은 어디까지나 타인의 일에 불과한 것이다.

'그러면 찾아가서 제대로 인사나 드릴까.'

여진환은 그렇게 생각하며, 어딘지 개운해진 얼굴로 강하윤에게 말했다.

"저는 이 길로 광수대로 돌아가서 혹시 검사님께 도움이 필요한 일이 있다면 도와드릴까 합니다."

강하윤은 그런 여진환을 보며 그가 어떤 이유에서인지, 또 무엇에 대해서인지 가슴에 쌓여 있던 미혹 한 가지를 떨쳐 낸 것 같다고 생각했다.

"그러면 버스 정류장은 이쪽이니까, 이만 가 볼게. 너무 늦게까지 일하지는 말고."

"예. 살펴 가십쇼."

여진환은 멀어지는 강하윤을 눈으로 배웅하다가 기지개를 켰다.

'강 형사는 동출이 형에 대해선 묻지도 않네. 그러는 나도 형 병문안 안 간 지 좀 됐나.'

그렇게 이성진이 어느 정도 의도했던 대로, 그는 검사 측과 연결 고리를 걸어 둘 수 있게 되었다.

정진건의 차를 얻어 타고 집으로 돌아가는 길은 묘하게 멀었다.

"……."

"……."

그건 마포 광수대에서 집까지 가는 거리 문제보다도 이 차

안의 공기가 묘한 것도 한몫했을 것이다.

평소 같으면 나도 남자 둘만 있는 이 어색한 분위기를 타파하고자 무어라 말을 꺼냈을 테지만, 정진건에게선 오늘따라 섣불리 말을 붙이기 어려운 분위기가 풍겼다.

생각해 보니 강하윤도 회식 내내 어딘지 모르게 정진건의 눈치를 살피는 느낌이어서, 광수대 내부에 큰 언성이 오갈 일이라도 있었나, 하는 생각도 했지만 그런 것 같지는 않고.

'이거 참, 뭐라도 말을 해 봐야 하나.'

내가 머릿속으로 정진건과 공통 화제를 찾아내려 고심하고 있을 때, 정진건 역시 나와 비슷한 감정을 느낀 듯 그가 어렵사리 먼저 입을 뗐다.

"요즘엔 좀 어떠냐."

나도 정진건이 우리 사이의 어색함을 타파해 보려고 별 뜻 없이 꺼낸 말이란 건 알았지만, 어째 선뜻 대답하기가 어려웠다.

'내 쪽이 먼저 선수를 쳐야 했는데.'

그래도 어른이 물었으니 아이는 답해야겠지.

"꽤 바쁘게 지내요."

나는 단답으로 대화가 끊어지지 않게끔, 설령 그의 관심사는 아닐지언정 사족을 덧붙였다.

"오늘도 승연 누나랑 미팅을 했고요."

잠시 그와도 접점이 있는 양상춘에 대해 언급을 해 볼까

했지만, 아무런 맥락도 없이 그 이름을 언급하는 건 역시 수상쩍으므로 나는 타깃을 바꿨다.

"그 여배우?"

"네. 이번에 KBC에서 새로 들어가는 드라마 건으로 오전에 만날 일이 있었거든요. 그래서 실은 그 누나랑도 오늘이 초면이었어요."

정진건이 고개를 끄덕였다.

하지만 그것뿐.

최근 잘나가기론 국내에서 손에 꼽힐 김승연을 화제로 삼았음에도 정진건은 그쪽에 전혀 아는 바가 없는지 그 이상 대화를 이어 가지 못했다.

별수 없지.

그러나 정진건도 방금 전엔 어떻게든 대화를 이어 가야 했다고 후회하는 얼굴이었다.

'흠, 그래도 이런 분위기라면…….'

이렇게 된 거, 이쪽이 가진 패를 조금 까서라도 선을 넘어 볼까.

모처럼 이렇게 된 거, 정진건은 내 쪽에서 섣불리 건들기 힘든 걸 조사해 주었으면 하니까.

'그러려면 우선.'

나는 재빨리 생각을 마치고 슬쩍 말을 건넸다.

"경찰 쪽 일은 어떤가요?"

내 말에 정진건의 얼굴엔 단순히 '애가 관심 가질 일이 아니'라는 것을 넘어서는 경계가 언뜻 스치고 지났지만, 나는 이 질문이 비단 꼬맹이의 주제넘은 호기심으로 보이지 않게끔 말을 더했다.

"혹시 강선이가 추가 진술을 해야 할 상황이 있지는 않을까 해서요."

나는 우선 박상대의 사생아이자 요한의 집에 합류한 박강선을 들먹이며 밑밥을 깔았다.

그제야 정진건도 조금 경계를 풀었다.

"그럴 일은 없을 거다. 자세한 건 말하기 힘들지만……."

"그렇군요."

"……."

왠지 여기서 대화가 끊길 것 같은 느낌이어서 나는 얼른—자연스럽게—덧붙였다.

"다행이네요. 실은 요한의 집 쪽 일엔 저도 예전처럼 '사적'으로 아저씨를 도와드리기 힘들어질 것 같아서요."

옳거니, 정진건이 관심을 보였다.

"무슨 뜻이냐?"

"아, 네. 얼마 전에 요한의 집이 다른 분께 인수되었거든요."

정진건이 눈썹을 씰룩였다.

"요한의 집이 인수되었다고?"

그 직후 정진건은 자신이 나에게 따지듯 물었다는 걸 깨닫곤 얼른 어조를 고쳤다.

"아니다. 그래, 그러면 이제 요한의 집에 후원은 그만둔 거냐?"

"아뇨."

나는 속으로 웃으며 말을 이었다.

"SJ컴퍼니의 후원은 계속 이어 갈 예정이지만 이제 새마음아동복지재단은 요한의 집 경영에 관여하지 않게 됐어요. 또, 새마음아동복지재단도 조만간 그분이 인수하실 거고요."

"……"

정진건은 잠시 뜸을 들였다가 내게 물었다.

"그러면 구봉팔…… 씨는?"

말인 즉, 그 일에 구봉팔의 반대는 없었냐고 물으려는 것일 테다.

"아, 저도 자세히는 모르지만 구봉팔 이사님은 아마 이제부터 조광 쪽 일에 집중하실 건가 봐요."

나는 그에게 '구봉팔과는 어디까지나 비즈니스적인 관계만 있을 뿐'이란 뉘앙스를 다분히 풍겼고.

"흠."

정진건은 내가 기대한 대로 그 정도 선에서 우리 사이를 재단한 듯했다.

나는 그런 정진건의 안색을 살피며 말을 이었다.

"사실 제가 아저씨를 도와드릴 수 있었던 것도 구봉팔 이사님이 재단 경영에 별로 관심을 기울이지 않으셨던 까닭도 있거든요. 하지만 이제부턴 어떻게 될지 모르니 미리 말씀드린 건데…… 그쪽 수사가 끝나셨다고 하니 저도 안심했어요."

정진건은 곰곰이 생각에 잠겼다.

그 표정은 방금 전까지 어딘지 모르게 무기력해 보이던 모습이 아닌, 예전에 알고 있던 날카로운 면모가 조금씩 살아나는 것처럼 보였다.

"그럼."

정진건은 조심스럽게, 한편으로는 대수롭지 않은 것을 묻는 것처럼 애써 말을 이었다.

"고아원은 누구에게 인수된 거냐?"

던져 둔 밑밥에 이끌린 정진건이 미끼를 물었다.

"최서연 씨라고."

나는 이 입질에 대수롭지 않은 척 정진건의 말을 받았다.

"최갑철 의원님의 따님이세요."

"……최갑철 의원의 따님? 혹시."

정진건이 고개를 돌려 조수석의 나를 힐끗 쳐다보았다.

"박상대의……."

정진건은 말을 꺼내고도 다소 아차 싶은 기색이었는데, 아무리 내가 관계자라고는 하나 꼬맹이를 상대로 그런 '불미스러운 일'을 입에 담아도 될지 주저하는 눈치였다.

뭘 그런 걸 신경 쓰시나.

나는 정진건이 부담을 느끼지 않도록 명쾌하게 시인했다.

"예. 박상대 씨의 약혼자였던 분이세요."

"……."

"저에게 그분이 직접 말씀하셨거든요."

나는 최서연이 요한의 집을 인수할 목적으로 나를 찾아왔다는 걸 그에게 밝혔다.

물론, 이때는 최서연의 본모습이 아닌 그녀가 대외적으로 가면을 쓴 모습으로.

잠자코 내 이야기를 들은 정진건은 잠시 생각에 잠겼다가 내게 물었다.

"그러면 그분은 요한의 집에 있는 박강선이 누구라는 것도 다 알고서 네게 접근한 거냐?"

"그렇죠."

나는 순진한 얼굴로 정진건에게 빙긋 웃어 보였다.

"좋은 분이죠?"

"……."

정진건은 선뜻 대답하지 않았다.

그는 박강선에게 접근한 최서연의 꿍꿍이가 무엇인지 속으로 경우의 수를 따지고 있는 것이리라.

'그야 당연히 마냥 선의로 접근했을 까닭은 만무하거든.'

만약 최서연이 박강선의 존재를 가엾이 여겨 그런 일을 한 것이라면, 그리고 약혼자의 사생아를 품을 만한 도량이 있었다면 '굳이' 지금 이런 형태가 아니어도 된다.

정진건이 내게 슬쩍 물었다.

"강 형사에게 들으니 강선이의 유산은 네가 관리 중이라고 들었는데."

"네. 정확히는 제가 소개한 변호사님이지만요."

대외적으로는.

"그, 얼마 전에는 강선이 유산 문제로 친척들이 조금 시끄러웠던 모양이라…… 강선이가 성인이 되기 전까지는 신탁 관리의 형태로 두려고요."

그러면서 '오해가 없게끔' 덧붙였다.

"그래도 이대로 몇 년 뒤 돌려주면 아무래도 그때 시세 문제도 있고 하니……. 어느 정도 펀드 형태로 자산 관리를 하긴 해야 할 것 같아요. 무릇 자산이란 마냥 묵혀 두고만 있으면 자산 가치가 폭락하기 쉽거든요."

"……."

말을 꺼내 보긴 했지만 이쪽은 그야말로 정진건의 관심사를 벗어난 이야기인 듯했다.

"……어쨌거나 그건 다른 사람이 강선이의 유산을 건드릴 일은 없을 거란 의미냐?"

그래도 핵심은 잘 짚어 오는군.

"아뇨, 그렇지는 않아요."

"음?"

"저도 변호사님께 들은 거지만 강선이의 유산은 현물보다 부동산이 더 많거든요. 그래서 자금 유용성을 확보하기 위해 몇몇 극소수의 믿을 만한 투자자를 끌어들여 볼 생각이긴 해요."

그래, 소위 말하는 '사모 펀드'인 것이다.

"......즉?"

"음, 저도 상황을 봐서 유산 관리에 손을 보태 볼까 한다는 이야기죠."

너무 생략했나?

정진건은 내 말을 어떻게 받아들여야 할지 몰라 어리둥절한 얼굴이었다.

그가 양상춘처럼 직설적인─안하무인에 가까운─성격이라면 내게 '박강선의 유산을 꿀꺽할 셈이냐'고 물었을 테니, 나는 또다시 '오해가 없도록' 덧붙였다.

"물론 원금에는 손대지 않을 거예요. 부동산을 담보로 채권을 발행해 안전한 사업에 투자할 거거든요. 저에겐 그 유산이 레버리지이고, 또 그에 따른 수익도 공평하게 분배할 겁니다."

"......"

"쉽게 말하면 저는 강선이의 돈을 불려 줄 거란 의미예요. 그리고 투자에 따른 리스크와 원금은 제가 보장하고요."

정진건은 운전대를 쥐지 않은 한 손으로 관자놀이를 문질 렀다.

"아저씨는 잘 모르겠구나. 즉, 어쨌건 네가 강선이의 유산 을 불려 줄 예정이라는 이야기냐?"

그가 묻고 싶은 건 '네가 손대는 건 특별 취급이냐'는 것이 겠지만, 사실이 그렇다.

'따지고 보면 내로남불이지, 뭐.'

그래도 굳이 변명하자면, 박강선이 받은 유산을 이대로 그 친인척들에게 맡기면 아마 황금알을 낳는 거위의 배를 가르 는 일밖에 하지 않을 것이다.

그런 의미에서 나는 그들과 다르다.

나는 어디까지나 황금알을 낳는 거위로부터 황금알을 조 금 '나눠 받을 뿐'이니까.

그렇다고는 하나 황금알을 낳는 거위 비유는 속물적인 만 큼 남들의 오해를 사기 십상이니 나는 정진건의 눈높이에 맞 춰 설명했다.

"그냥 제가 은행이 되어 준다고 생각하시면 될 거예요."

"은행?"

"네. 은행도 그렇잖아요? 은행은 예금주들이 맡긴 돈으로 다른 사람에게 대출을 해 주잖아요. 은행은 그에 따른 이자 로 먹고사는 거구요."

"……그러면 성진이 너도 강선이의 유산으로 이익을 얻긴 한다는 거로군."

여전히 핵심은 잘 찔러 오는군.

"그렇죠. 냉정하게 말하면 저는 사업가니까요. 아무런 이득도 없는 일에 마냥 끼어들 수는 없거든요."

"……."

"그래도 앞서 말씀드렸다시피 원금에는 손대는 일이 없을 겁니다. 이렇게 말하면 조금 그렇지만, 제가 이대로 강선이의 유산을 갖고 잠적하는 것보단 이 일로 '약간의' 이익만 얻고 원금을 보전해 주는 것이 더 이득이니까요."

즉, 미래가 보장된 재벌가 장손 도련님이 고작(?) 수십 억에 눈이 멀어 장난질을 칠 리는 없다는 뜻이다.

'더군다나 생판 남이나 다름없는 대상에게 무조건적인 선의를 베푸는 것보단 상호 이익을 위해 움직이고 있다는 편이 더 신뢰가 갈 테고.'

이쯤해서 내 말을 알아들은 정진건은 쓴웃음을 지었다.

"아무튼 알겠다. 절반이나 알아들었으면 다행이겠지만, 즉 이대로 박강선의 유산을 네게 맡겨 두면 안심해도 좋단 의미겠지?"

"그런 느낌이에요. 음, 정 뭣하면 아저씨도 투자하시겠어요?"

내 말에 정진건은 질색하며 고개를 저었다.

"아니, 됐다. 뭐가 뭔지도 모르는 걸 할 생각은 없어."

거, 사정을 알면 우리 사모 펀드에 가입할 기회를 발로 차신 걸 후회하실 텐데.

'하긴, 아직은 재테크라는 용어조차 자리 잡지 않은 시대이니.'

정진건이 말을 이었다.

"그래도 내게 그런 걸 권했다는 건, 네가 앞서 말한 '몇몇 극소수의 믿을 만한 투자자'에 나도 포함할 수 있다는 의미인 모양이구나."

"그럼요. 아저씨는 제가 믿고 신뢰하는 어른 중 한 분이거든요."

"하하……. 빈말이라도 고맙구나. 하지만 마음만 받으마."

정진건은 희미한 미소로 말을 마쳤다.

아마 전생에도 그는 평생을 가도록 재테크와 인연 없이 월급쟁이 생활을 하며 살았으리라.

그렇기는 하나 투자와 별개로 정진건은 지금 나눈 대화 내용을 바탕으로 '믿음직한' 누군가와 상담을 해 볼 것이다.

'아마, 지금은 박강호 검사려나.'

전생의 경험 탓인지 개인적으로는 그를 마음에 들어 하지 않지만, 다른 한편으론 그렇기에 누군가가 그를 '적'으로 둔다면 이만한 칼날도 없는 것이다.

'일단은 밑밥을 던져 뒀으니, 최서연을 견제하는 건 그에게 맡겨 둬야겠군.'

그리고 나는 한걸음 뒤로 물러서서 강 건너 불구경이나 하면 그만.

나도 이젠 최서연이 조설훈 살해에 개입하지 않았다는 건 알게 되었지만, 그것과 별개로 최서연이 내게 접근한 꿍꿍이에 대해선 계속해서 경계해야 마땅했다.

'최서연이 제시한 내용은 내게 너무 유리하기만 한 조건이거든.'

역사는 이미 전생의 이맘때와 달라졌고, 앞으로도 그 격차는 커질 것이다.

그런 와중 모르긴 몰라도 어느 누군가가 전생과 다른 행동을 했다면, 이 돌다리를 건너기 전 한 번쯤 두드려 봐도 나로서는 손해될 것 없으니까.

주소로는 알고 있었고, 또 딸이 다니는 학교와 같은 학군이라는 것도 알고 있었지만, 이성진이 사는 S동 부촌 일대는 머릿속으로 생각하던 것보다 단정하고 깨끗했다.

"바래다주셔서 감사합니다, 아저씨."

"집도 근처인데 신경 쓰지 마."

이성진은 정진건에게 빙긋 웃어 보였다.

"들어가서 차라도 한잔하시겠어요?"

"아니다. 시간도 늦었는데 얼른 들어가 보거라."

피차 이미 커피를 한 잔씩 마셨다는 것도 아는 처지이니 응당 빈말이었다.

"예, 아저씨."

이성진도 두 번은 권하지 않으며 그에게 고개를 꾸벅 숙였다.

"그러면 안녕히 가세요."

"오냐."

이성진은 그대로 정진건이 차를 세운 반대편의 대저택으로 향해, 부저를 누르고 잠시 후 대문 안으로 사라졌다.

'⋯⋯흠.'

정진건은 잠시 그 상태로 운전석에 등을 기대고 앉아 있다가 습관처럼 품을 뒤져 막대 사탕을 꺼냈다.

금연을 결심하고부터 아내가 금단 증세를 억제하는 데 도움이 된다고 들었다며 챙겨 주던 것이 이젠 생각을 정리하며 홀로 사탕을 까먹는 것이 습관이 되어 있었다.

사실, 아내에게는 미안한 이야기지만 사탕이 흡연의 대체재는 되지 않았다.

금연이란 시간이 지나 그 욕구가 완전히 소멸하는 것이 아니며 단지 충동을 억누르며 거듭해 참는 것에 불과하다는 걸 깨달은 지 오래였다.

정진건은 이럴 때마다 까먹는 사탕이란 금연의 보조 수단이 아닌, 그저 새로운 의존을 하나 만들어 내는 것에 불과하다고 생각하며 사탕을 입안에 넣고 굴렸다.

'최서연이라.'

그러며 정진건은 머릿속으로 이성진이 차 안에서 들려준 이야기를 떠올렸다.

이성진은 확실히 난 놈이었다.

정진건은 이성진이 하는 말의 절반도 알아듣기 힘들었고, '남의 돈'을 불려 그 이익의 일부를 자신의 주머니에 챙겨 넣는다는 것에 묘한 불쾌감도 있었다.

하지만 따지고 보면 이성진이 하려는 건 박강선에게 해가 되기는커녕 서로가 윈윈하는 방향을 추구하고 있다는 것도 어렴풋이 알 것 같았다.

오히려 박강선이 얼굴도 모르는 친인척들에게 그 유산을 맡기는 것보다 이성진이 '비즈니스적'으로 관리하는 것이 더 타당하며, 심지어 이성진이 그 유산을 관리하는 편이 그 아이의 장래에도 도움이 될 것이다.

아무것도 모르는 척하고 있지만 이성진 또한 그것을 알고 있을 것이다.

그럴 때마다 정진건은 이성진이라는 소년에 대해 그 자신도 종잡을 수 없는 입장이 되고는 했다.

표면적으로는 어디까지나 딸의 학급 친구이지만, 이따금 그 녀석이 하는 행동과 말씨를 잘 들여다볼 때면 그가 자신의 딸과 동갑내기라는 것을 깜빡할 때가 왕왕 있었다.

'마치 속에 중년 사내가 들어앉은 것 같다고 해야 할지.'

그러니 이성진이 최서연에 대한 이야기를 꺼낸 것도 어쩌면, 그 안에 어떤 노림수가 있을지도 모른다고 생각했다.

물론 터무니없는 망상이다.

그래서 정진건은 그럴 때마다 이성진이 자신을 이용하려한다는, 본능에 기인한 추측을 이성으로 억누르며 이를 단지 소년이 타고난 천재성의 영역으로 사고를 밀어 넣곤 했다.

오늘 이성진과 만난 것은 전적으로 우연이다.

그와 만남이 있으려면 강하윤이 회식을 제안해야 했고, 자신이 그 제안에 따라야 했으며, 이성진이 비서를 데리고 이먼 곳까지 밥을 먹으러 와야 했던 것이다.

하물며 이성진을 바래다준 것도 어디까지나 정진건 자신의 판단과 선택이었다.

만일 그의 운전기사가 휴가 중이 아니었던들 이성진과 차 안에서 대화를 나눌 일도, 어쩌면 회식 자리에 동석하는 일도, 식사를 마치고 커피를 마시러 갈 일도 없었을지 모르는 것이다.

'우연⋯⋯이겠지.'

그럼에도 왠지 모르게 이성진이 하려는 일, 그가 엮인 일은 정진건으로 하여금 이유 모를 필연성을 느끼게 했다.

그 정도로 이성진이 엮인 일 일체는 '앞뒤가 맞아떨어지는 결과'로 이어지는 일이 잦았던 것이다.

지금도 정진건은 이성진이 가져온 정보—최서연이 요한의 집을 인수했다는 사실—가 이후 어떤 결과를 불러오게 되건 간에 그 일 역시 모종의 필연성에 함몰되고 말 거란 생각을 했다.

그럼에도 불구하고.

정진건은 자신이 이번 일에 다시 발을 들이고 말 거란 예감을 떨치기 힘들었다.

정진건은 자신이 지금 이정표 앞에 서 있다고 생각했다.

이대로 집으로 돌아간다면 따뜻한 물에 샤워를 마치고, 시간이 허락하면 아이들과 놀아 주는 것도 가능할지 모른다.

그리고 일찍 잠자리에 들어 내일 출근해 이성진이 말한 정보를 검토하고 박강호 검사 등을 만나 상의를 하면 그만이다.

그게 아니면, 차를 돌려 광수대로 돌아가 아직 서류를 검토 중일 박강호 검사를 만나 진득한 상담을 한다든지.

'평소' 정진건이라면 광수대로 가는 걸 망설이지 않았을 것이다.

하지만 정진건 스스로도 최근 자신이 어딘지 얼이 나가 있단 걸 자각하고 있었다.

말로 설명하기는 힘든 자신의 현 상태에 강하윤이 걱정하고 있다는 것도, 오늘 회식도 자신을 위로하고자 강하윤이 마련한 자리였다는 것도 알고 있었다.

사건은 끝나지 않았다.

강하윤은 그렇게 생각했기에 어떻게든 부족한 경험치를 짜내 자신이 할 수 있는 최선을 궁리하고 있는 것이리라.

"……좋아."

정진건의 고민은 길지 않았다.

그는 핸드폰을 꺼내 아내에게 전화를 걸었다.

"들어와."

"실례하겠습니다……."

전예은은 김승연의 집에 발을 들였다가 자신도 모르게 멈칫했다.

그건 이 넓고 화려한 아파트 꼭대기를 혼자서 통째로 사용하는 김승연의 대범함 때문도, 최신 유행에 맞춘 그 화려한 실내 인테리어 때문도 아니었다.

"선배님, 청소 언제 했어요?"

뒤따라 들어온 윤아름의 말을 김승연이 대수롭지 않게 받았다.

"그저께 파출부가 와서 했는데?"

"……."

그 파출부가 무능하거나, 아니면 사흘 만에 집안을 이 꼴로 만든 김승연의 재능(?)이 대단하거나, 윤아름은 둘 중 하나라고 생각했다.

"적당히들 앉아."

김승연은 핸드백을 소파—였던 곳—위로 툭 던지곤 걸음걸이마다 옷가지를 벗어 던지며 냉장고로 가서 맥주 캔을 꺼냈다.

"푸하."

김승연은 속옷 차림으로 맥주 한 캔을 깔끔하게 비운 뒤 거실—로 추정되는 공간—에 멀거니 선 전예은과 윤아름에게 다가왔다.

"뭐 해? 편하게 있으라니까."

앉으라고 해도 어디 앉아야 할지 알아야 말이지.

윤아름도 자신이 딱히 깔끔 떠는 성격이 아니라는 것도, 심지어 이따금 자취하고 있는 집에 어머니가 올 때면 '청소 좀 해'하고 잔소리를 해댈 정도지만 이 정도로 어지럽히며 살 자신은 없었다.

결국 전예은이 조심스레 나섰다.

"조금 치우고 시작해도 될까요?"

"그래? 그러든가. 난 안 도와줄 거야."

김승연은 뻔뻔했다.

"저도 도울게요, 언니."

"응, 고마워."

그나마 윤아름이 도와준다고는 했지만, 솔직히 윤아름과 전예은 사이는 다소 데면데면했다.

그도 그럴 것이 전예은은 SBY의 일을 돕곤 하지만 엄밀히 따지면 이성진의 용인하에 하는 일에 불과했고, 그녀는 이성진의 비서이지 SJ엔터테인먼트 소속도 아니었던 것이다.

그러니 전예은도 업무적으로 윤아름과 엮일 일이 없었고, 그녀를 케어할 의무도 없었…….

'그런 건 변명이지, 뭐.'

전예은은 속으로 쓴웃음을 지었다.

솔직한 심경으론 윤아름이 왠지 모르게 어려웠던 것뿐이다.

윤아름은 전예은에 비해 연하인데도 벌써부터 자신이 무얼 하면 좋을지, 그리고 장래엔 어떻게 되어야 할지 뚜렷한 비전을 갖추고 있었다.

전예은이 보기에 그런 윤아름은 똑바로 쳐다보기에는 눈이 부셨다.

'나랑은 달라.'

자존감이 부족한 전예은으로선 매사에 자신만만한 윤아름—그리고 추가하자면 김승연까지—같은 부류는 상극이었다.

"선배님, 드레스 룸 어디예요?"

"안방 안쪽."

"……세상에. 평소에 옷은 어떻게 입어요?"

"일 있을 땐 코디가 와."

"이건 뭐예요?"

"나도 몰라."

윤아름도 정리를 잘 못 하는 성격이어서 그런지 다소 우왕좌왕했지만, 전예은의 손이 매운 덕에 30분가량이 지나자 얼추 사람 사는 곳의 형태가 드러나기 시작했다.

"흐응, 제법 깔끔해졌네."

가운을 걸친 채 아일랜드 키친에 앉아 맥주만 마실 뿐이던 김승연은 적당히 정리가 끝난 모양이니 그제야 어슬렁어슬렁 거실로 왔다.

"대본 가져왔지?"

"아, 넵."

윤아름은 그제야 집에서 가지고 온 종이봉투에서 종이 뭉치를 꺼냈다.

김승연은 윤아름의 손에서 낚아채듯 대본을 받아 든 뒤 이제야 모습을 드러낸 소파에 다리를 꼬고 앉아 대본을 훌훌 넘겨 살폈다.

그러는 사이 전예은은 묘한 긴장감이 맴도는 둘 사이에서 멀찍이 떨어져 앉아 그들이 하는 모양을 가만히 지켜보았다.

저렇게 보여도 김승연은 그들이 청소하는 걸 지켜보며 머릿속으로 어떻게 할지 시뮬레이션을 하고 있었다는 걸, 전예은은 알고 있었다.

이윽고 김승연이 대본에서 시선을 거뒀다.

"이게 전부?"

"네."

"아직 스크립트 수정은 안 된 거 같네. 아마 수정이 가해질 테니까 아직 외우지는 말고 느낌만 가지고 가."

그렇게 내뱉는 그녀의 눈에선 방금 전까지 보이던 방탕한 모습에서는 상상도 하기 힘든, 프로다운 면모가 언뜻 드러났다.

그래서 윤아름도 진지한 얼굴로 고개를 끄덕였다.

"네."

"너, 평소에는 어떻게 연기해?"

"메소드로요."

"메소드?"

김승연이 웃었다.

"요즘 현장 분위기 좋아졌네. 됐으니까 정극으로 가."

"왜요?"

윤아름도 지지 않고 맞섰다.

윤아름 역시도 자신의 연기로 세간에 좋은 평가를 얻었고, 그걸로 이 자리까지 왔다는 자부심이 있었다.

심지어 방준호 감독 또한 그런 자신의 연기를 높이 사 주지 않았는가.

그러니 김승연이 하는 말은 괜한 꼬투리라고, 그녀 스스로는 그렇게 생각한 것이다.

'여기 부른 것도 소위 말하는 기강 잡기겠지.'

하지만 김승연은 그런 윤아름을 아무 표정 변화 없이 물끄러미 쳐다볼 뿐이었다.

"너, 아역이야?"

"……."

윤아름이 멈칫했다.

그야, 따지고 들자면 윤아름은 아역배우다. 법적으로도 그런 취급이고.

하지만 김승연의 말에 담긴 속뜻은 '너도 다른 아역배우들처럼 현장에서 응석이나 부릴 셈이냐'는 날카로운 가시가 가득했다.

윤아름은 그런 김승연의 말에 그녀가 자신을 한 사람의 배우로 취급해 준다는 느낌을 받음과 동시에 '아니'라고 대답하기도 막막한 묘한 기분을 느꼈다.

김승연이 소파에 기대며 말을 이었다.

"너도 드라마가 이번이 처음은 아니지?"

"……아니에요."

윤아름이 대중에 이름을 알리게 된 계기는 어느 아침 드라마였으니까.

그건 이성진을 만나기도 전의 일이었다.

"알면서 그래?"

김승연이 턱을 괴고 누운 채 윤아름을 보았다.

"알면서 그런 거면 얘가 벌써 이상한 물이 든 거네. 드라마 판에서 주역을 꿰차려면 뭐가 중요한 건지 정도는 알아야지."

"……뭐가 중요한데요?"

"현장에 맞추는 거."

김승연이 심드렁하게 대답했다.

"드라마판은 아직 정극이 주류야. 최 감독님 디렉팅도 그런 쪽일 거고. 그러니까 괜한 시간 낭비하지 말고 정극으로 에너지를 쏟을 생각이나 해."

윤아름은 김승연의 일방적인 말에 불만스레 인상을 찌푸렸다.

"저더러 남들 하는 일에 맞추란 말씀인가요?"

"그래."

"……그런 건 최 감독님께서 결정하실 일이라고 생각하는데요, 선배님. 그리고 안형욱 선생님이 저를 컨텍하신 건 달리 이유가 있을 거고요."

"……흐응."

김승연이 눈을 가늘게 떴다.

"아닌 줄 알았더니, 아직 애구나?"

"······네?"

김승연은 대답하지 않고 소파에서 몸을 일으켰다.

"샤워할래."

그러고 김승연은 거실에 윤아름과 전예은을 남겨 두고 안방으로 들어가 버렸다.

"칫."

윤아름은 뒤늦게 혀를 차며 김승연이 던져두고 간 대본을 집어 들었다.

"심술은······."

그랬다가 뒤늦게, 전예은의 존재를 인지한 윤아름이 어색하게 웃어 보였다.

"아, 죄송해요. 언니."

"······아니야, 신경 쓰지 마."

잠자코 두 사람의 신경전을 지켜보던 전예은은 내심 속이 쓰렸다.

'꿍, 사장님께선 항상 이런 분위기 속에서 살아 오셨던 거구나.'

그래도 이성진이 믿고 맡긴—거라고 전예은은 착각하는 중—일이니, 전예은도 이 일을 허투루 넘길 수만은 없었다.

'사장님께서 이번 외박을 허가하신 건 우리 소속사로 김승연을 끌어들이란 지시일 테니까.'

그렇다고 소속사 간판 배우인 윤아름에게 소홀할 수도 없으니, 전예은은 이 상황에 어느 한 편만을 들 수도 없었다.

'음, 사장님이라면 이 상황에 둘 사이를 어떻게 조율하셨을까……. 일단 오해를 푸는 것부터?'

5장

김승연이 다짜고짜 샤워를 하러 간 사이, 윤아름은 뚱한 얼굴로 대본을 훑었고, 전예은은 둘 사이의 오해를 어떻게 풀면 좋을지 고민했다.

"저기."

전예은이 입을 떼자 윤아름이 대본에서 시선을 뗐다.

"네?"

"아니, 그러니까……."

머릿속으론 어떻게 해야 할지 알겠는데, 화를 돋우지 않으며 말을 풀어 가려니 다소 힘겨웠던 전예은은 약간의 아이스 브레이킹을 시도했다.

"아까 이야기한 정극이랑 메소드에 무슨 차이가 있는 거니?"

"아, 그거요."

윤아름이 빙긋 웃으며 대본을 내려놓았다.

"뭐라고 설명해야 할지……. 정극이란 쉽게 말하면 옛날부터 이어진 기존 연기 방식이에요. 원래부터 연기라는 건 연극 무대에서 보이는 것에서 시작했잖아요? 그래서 멀리 있는 관객들도 상황을 쉽게 알 수 있도록 정확한 발음, 뚜렷한 감정 표현 등을 앞세우죠."

즉, 관객으로 하여금 배우가 무슨 행동을 하는지 제대로 전달하는 것이 윤아름이 해석한 정극의 정의였다.

"반면에 메소드는 배우가 배역과 일체되는 거예요. 기술적으로는 좀 더 섬세하죠. 메소드로 연기하면 눈썹의 떨림이라든가 억양의 흔들림 등, 관객으로 하여금 배우의 섬세한 연기를 통해 실제 그 사람을 보는 것 같단 느낌을 전달하게 돼요."

윤아름은 메소드 옹호자답게 은근슬쩍 메소드 연기를 기존 방식보다 진일보한 형태로 포장했다.

"그렇구나."

"네. 그리고 시대는 이제 무대에서 스크린으로 옮겨 갔잖아요? 그리고 스크린에서도 무성 흑백 영화 시절을 지나 안방에서 컬러로, 거기에다 배우들의 표정 연기를 클로즈업해서 찍는 시대가 왔고요. 그러니 아직도 정극 방식을 고수하는 건 시대에 뒤처진 낡은 방식이란 거예요."

윤아름이 생각하고 있는 바는 전예은도 알고 있었지만, 전예은이 읽어 낸 윤아름의 추상적으로 얽힌 생각이 언어로 구체화하며 전달되니 그녀가 어떤 의도로 메소드를 고집하는 것인지 좀 더 잘 알 것 같았다.

'윤아름이 이상주의자 면모가 있다는 것도.'

그 시작은 연예계에 미련을 떨치지 못한 모친의 강압에 의한 것일지라도 윤아름은 연기에 진심인 데다 그 열정만큼 재능도 갖추고 있었다.

분명, 또래 중에서 윤아름 정도의 실력과 정열을 갖춘 이들은 아직 없을 것이다.

윤아름도—남들 앞에서 내색하지는 않지만—속으로는 자신이 이미 어지간한 성인 연기자들보다 더 뛰어난 연기를 할줄 안다는 확신이 있었고, 그 생각은 단순한 자신감 과잉에서 오는 오만함이 아니었다.

오히려 윤아름은 그 예쁘장한 용모 탓에 그 실력이 과소평가되는 일이 있을 정도니, 전예은으로선 그런 윤아름을 볼때면 '사장님은 어떻게 이런 재능을 알아보고 발굴했을까' 속으로 혀를 내두르며 감탄하곤 했다.

더욱이 그 재능이 개화할 무렵, 천재성으론 '세계에서' 둘째가라면 서러워 할 방준호가 그녀를 주연으로 내세워 영화 〈우리들 이야기〉를 촬영했고, 윤아름의 연기력은 방준호의 디렉팅하에 찬란하게 개화하였다.

하지만 방준호와의 만남은 현재로선 윤아름에게 축복이자 저주였다.

그 재능과 그 재능을 일찍이 평가받은 까닭일까, 지금의 윤아름은 평단의 호평을 이끌어 낸 〈우리들 이야기〉로 인해 자기 확신에 가득한 상태로, 그녀의 자신감은 이제 고집으로 변모할 싹을 틔우는 중이었다.

그리고 이대로 내버려 둔다면 윤아름의 고집은 곧 편협함으로 굳어 버릴 여지도 다분했다.

전예은은 전혀 모르는 일이겠지만, 전생의 윤아름도—지금보다는 아니지만—한동안 주목 받는 아역으로서 러브콜이 쏟아지기 직전, 현장에서 '아역답지 않게 요구 사항이 까다롭다.'는 뒷말을 들으며 일감이 끊기기도 했던 것이다.

그러니 만약 이성진이 이 자리에 있었다면 '그러니 전생에서 한동안 일이 끊겼지' 하고 혀를 찰 조짐이 윤아름에게 서서히 드러나고 있었다고 할까.

"아무튼."

윤아름이 다시 대본을 집어 들고 이를 눈으로 훑으며 말을 이었다.

"선배님이 뭐라고 하시건 간에 결국 스타트를 끊는 건 저예요."

말인 즉 이쪽이 먼저 캐릭터 조형을 마쳐 두면 김승연은 마지못해서라도 윤아름이 만들어 둔 이미지를 따라갈 수밖에 없을 거란 영악한 선포였다.

'윤아름의 말도 틀리진 않아. 일부러 김승연에게 시비를 걸려는 것도 아니고…….'

하지만 김승연이 윤아름에게 '시비'를 걸었던 건 그냥 심심해서 그랬던 것도 아니었다.

김승연이 '아직 애구나?' 하고 말했던 것도 깊이 따지고 보면 후배를 향한 선배 연기자의 따뜻한(?) 마음이 눈곱만큼은 있었던 것이다.

'하지만 두 사람 다 자기 세상을 사는 사람들이어서…… 이대로 내버려 두면 대판 싸우겠지. 에휴.'

그런 의미에서 SBY는 참 좋았다.

리더를 맡고 있는 찬성의 둥글둥글한 성격이 개성 강한 멤버 각각을 아울렀고, 다른 멤버들도 그런 찬성을 믿고 의지하며—동시에 공공의 적인 악덕 사장(이성진)을 향한 적개심도 한몫했지만—모두가 원만한 관계를 유지해 온 것이다.

'오빠들은 단순하기도 했고.'

잠시 그러고 있으려니 샤워를 마친 김승연이 수건으로 머리를 닦으며 냉장고에서 맥주 한 캔을 꺼냈다.

"다음은 누가 씻을래?"

윤아름은 김승연과 단둘이 있는 시간을 어떻게든 미루고 싶은 눈치였고, 전예은도 그게 좋겠단 생각이었다.

"아름이가 먼저 씻을래?"

"……그럴게요."

그래서 윤아름은 이미 집에서 샤워를 마치고 나왔음에도 일부러 몸을 일으켰다.

"실례하겠습니다."

윤아름은 집에서 가져온 옷가지를 챙겨 김승연이 나온 안방 안쪽 욕실이 아닌 바깥 욕실로 향했고, 이내 쏴아 물 쏟아지는 소리가 들렸다.

"흥."

김승연은 코웃음을 치며 맥주를 한 모금 마신 뒤 입을 뗐다.

"아, 맥주 마실 거면 마셔."

"아뇨, 저는 미성년자여서……."

"범생이네."

물론 본심은 아니다.

아마 전예은이 '네!' 하고 말했다면 김승연은 전예은에게 실망했을 테니까.

'그게 아니어도 마실 생각은 없지만.'

김승연도 왔겠다, 전예은은 슬그머니 말을 붙였다.

"저, 승연 언니."

"왜?"

"아까 씻고 계실 때 메소드 연기가 뭔지 아름 양에게 들었는데요."

김승연의 머릿속에 '내 뒷담화를 한 건 아니네' 하는 생각이 스치고 지났다.

"그래?"

"네, 그런데 아름 양 이야기를 들어 보니까 메소드 연기라는 것도 나쁘지 않을 것 같은데…… 왜 혼내셨나요?"

"……아, 그거."

김승연은 가만히 맥주를 홀짝이다가 윤아름이 놓고 간 대본을 집어 들었다.

윤아름이 가져온 대본에는 이미 무수한 필기와 각종 첨삭, 포스트잇이 페이지마다 색깔별로 붙어 있었다. 그걸 보는 김승연의 눈에 회한 비슷한 빛이 스치고 지났다.

"나도 거쳐 갔거든."

전예은은 이미 알고 있지만 모른 척 눈을 동그랗게 떴다(순간적으로 '그간 사장님도 이러셨나?' 하고 생각하면서).

"……메소드요?"

"왜, 나는 그런 거 못 할 거 같니?"

"아뇨, 그런 의미가 아니라……."

"농담이야."

김승연이 피식 웃으며 대본을 내려놓았다.

"메소드 연기…… 스타니슬라프스키가 제창한 이론이지. 말론 브란도, 폴 뉴먼 등등의 배우도 하고 있고, 할리우드의 주류는 메소드로 향하고 있어. 심지어 정극 연기를 하던 배우들은 이제 뒷방으로 물러나는 중이야."

저렇게 막 사는 것처럼 보이는 김승연이지만, 남들이 보지 않는 곳에선 연습에 매진하는 그녀답게 이론에도 꽤 빠삭했다.

"하지만 우리나라에선 소리를 크게 친다거나 눈물을 주르륵 흘린다거나 그런 알기 쉬운 걸 해야 박수갈채를 받아. 슬프면 운다, 화가 나면 언성을 높인다, 표준어 발음을 또박또박 발성한다……. 그런 걸 잘하면 소위 말하는 '좋은 배우'가 되지."

"……."

"어쨌거나 메소드가 필요한 곳이 있고, 정극이 필요한 곳이 있어. 드라마판은 더더욱 그렇지. 너도 TV를 봤으면 알겠지만, 드라마라는 건 원래 딴짓을 하다가 봐도 내용이 파악되어야 해. 그런 의미에서 조금씩 감정을 쌓아 올려야 하는 메소드는 드라마에 어울리지 않아. 뭐, 그런 드라마를 지향하는 감독이 어딘가에는 있을지도 모르지만…… 최소한 최 감독 스타일은 아니야."

서로가 인정하지는 않겠지만, 윤아름과 김승연은 닮은꼴이다.

"게다가 자기가 할 줄 안다고 남들도 다 그런 건 아니거든."

차이점이라면 김승연은 윤아름보다 시대를 일찍 타고났고, 자신을 알아주는 사람을 만나지 못했단 점이었다.

김승연이 활동하고 있는, 그리고 그녀가 연기자로서 거쳐

온 시간 동안 '배우의 실력'은 윤아름이 얕잡아 보는 '정극'을 얼마나 정확하게 잘하느냐에 따라 판가름 나는 시대였다.

비록 이제는—이성진의 입김이 닿긴 했지만—방준호 감독 같은 부류가 조금씩 싹을 틔우는 중이지만 한동안 대한민국의 영화판이나 드라마는 '신파적'이란 비난을 들을지언정 그런 대중적으로 받아들여지기 쉬운 작품이 호평을 받아 왔다.

그리고 이 시대의 '기성 세대'는 아직 정극이 메인이니, 배우로 밥을 먹고 살고자 한다면 그런 흐름에 자신을 맞출 줄도 알아야 한다는 것이 김승연이 말하고자 하는 바의 요지였다.

'그런 이야기를 둘이서 차분히 나누면 싸울 일도 없을 텐데.'

생각하는 게 표정으로 드러났는지, 김승연은 빙긋 웃으며 전예은을 보았다.

"너는 그게 걱정이었어?"

"네? 아……. 네."

"신경 쓸 거 없어."

김승연이 웃으며 말했다.

"걔도 현장에 가 보면 깨닫게 될 거니까. 내가 하는 건 어디까지나 예방 접종에 불과해."

"……."

"그리고 정극도 딱히 나쁜 게 아니야. 필요하다면 꽁트도 해야 하는 게 배우인걸. 뭐, 그 애가 그걸 일찍 깨닫느냐 마느냐가 문제지."

"네······."

전예은은 내심 '그럴 거면 말을 좀 곱게 해 줬으면' 하고 생각했다.

"그런 것보단."

김승연이 맥주를 한 모금 들이켠 뒤 말을 이었다.

"너도 이래저래 고생이네."

"네?"

"예은이 넌 나랑 윤아름 사이가 원만했으면 하고 있는 거잖아? 그것도 별로 오기 싫은 자리에 와서까지."

"······."

전예은은 '설마 티가 났나?' 하고 움찔했다.

"실은 너, 오늘 곱창전골도 별로 안 먹고 싶었던 거 아냐? 여기까지 온 것도 성진이 때문이고."

"아뇨, 저는······."

그 순간 전예은은 김승연이 무슨 생각으로 이런 말을 했는지 읽어 내곤 저도 모르게 인상을 찌푸렸다.

그녀에게 생각을 읽는 능력이 있어도 그건 만능이 아니다.

생각이란 언어화된 사유의 표층과 비언어화되는 심층이 구분되기 마련이고, 전예은이 대상의 생각을 분석하려면 이를 머릿속으로 숙고하며 해석할 시간이 필요했다.

"그런 거 아니에요."

다행히 김승연은 전예은이 인상을 찌푸린 걸 못 본 체해 주었다.

"응? 내가 뭐라고 했는데?"

"……사장님이랑 저 말이에요. 언니가 생각하시는 그런 거 아니에요."

언젠가 강이찬도 그런 식으로 자신을 '오해'한 적이 있지만, 그 뒤 시간을 들여 전예은은 마음의 정리를 끝냈다.

'사장님에 대해선 어디까지나 감사의 마음과 존경심이 있을 뿐이지…….'

다들 비슷한 나이의 남녀가 함께 있으면 섣불리 그런 오해를 하곤 하는 것이 전예은은 다소 불쾌했다.

특히나 전예은은 사람과 사람 사이에 오가는 생각의 고리를 읽어 낼 수 있었기에 나이에 비해 그런 일에는 부쩍 냉소적이었고, 오히려 '혐오'의 영역까지 가지 않은 게 다행일 정도였다. 그런 전예은의 속을 알 리 없는 김승연은 태연하게 떠들어 댔다.

"별로 이상할 거 없는데. 걔, 잘생기고 돈도 많고 능력도 있잖아. 성격은…… 좀 재수 없지만, 비슷한 또래면 홀딱 반해도 이상할 거 없지."

이 사람이 정말.

"당사자가 없는 곳에서 남 이야기는 하지 않는 게 언니의 철칙 아니었나요?"

"칭찬은 괜찮아."

그거, 칭찬인가?

'뭐, 저 언니가 사장님께 호감이 있다는 건 나도 잘 알지만…….'

전예은은 보란 듯 한숨을 내쉬었다.

"아무튼 그런 거 아니에요. 이래 보여도 저 사장님보다 나이도 한참 많고요."

"그러고 보니까 윤아름도 너더러 언니랬지. 그래도 나보단 어릴 테고…… 그래서 몇 살인데?"

"열여섯 살이에요."

"뭐야, 아직 애 맞네. 뭐가 문제야?"

"……."

전예은은 문득 피로감을 느꼈다.

바로 직전에 사람이 북적이는 식당을 다녀와서 그런 걸지도 모르겠다.

'어차피 지금 이러는 것도 나 놀리는 게 재밌어서 그런 거뿐인 사람이고.'

다행히 그쯤해서 윤아름이 샤워를 마치고 나왔다.

"다음은 언니죠? 갈아입을 옷도 챙겨왔으니까 그거 입으세요."

"응, 고마워."

그래서 전예은은 자신이 없는 자리에서 둘이 싸울 게 불보듯 뻔한 걸 알면서도 얼른 자리에서 일어섰다.

'흥, 이젠 나도 몰라.'

정진건의 선택은 집으로 돌아가는 것도, 광수대로 복귀하는 것도 아닌 양상춘에게 연락하는 것이었다.

「그렇다면 내 집으로 오게나.」

그렇게 해서 정진건이 처음으로 방문한 양상춘의 집은 '의외로' 살풍경했다.

'사무실처럼 잔뜩 어질러 놓고 살 줄 알았더니.'

앉은뱅이 탁자 앞에 앉은 정진건은 의아하다는 듯 주위를 두리번거렸고, 양상춘은 믹스 커피를 탄 종이컵 두 잔을 가지고 그 앞에 앉았다.

"이사 가기 전에 정리를 해 뒀거든. 그래도 컵 정도는 놔둔 게 있어서 다행이군."

그렇다고 말하니 납득은 했지만.

"이사?"

"음. 국과수 일도 관뒀으니 새 직장 근처에 집을 구했지."

국과수를 정말로 관둔 모양이군.

하긴, 정진건도 그가 기 싸움이나 하려고 사표를 던지는 사람이 아닌 건 알고 있었다.

정진건이 커피를 한 모금 마신 뒤 양상춘에게 물었다.

"새 직장이라니, 벌써 구했나?"

"그러게. 꽤나 일찍 구했군."

양상춘은 자신이 새 직장을 구하게 된 경위를 설명하려다 말고 쓴웃음을 지었다.

아무리 그라 할지라도 남 앞에서 당당히 낙하산으로 새 직장을 구했단 이야기를 할 만큼 뻔뻔하진 않았던 것이다.

관련해선 정진건도—정진건은 그가 남들 앞에서 개인사를 언급하길 꺼려 하는 걸 알고 있었기에—더 캐묻지 않는 눈치여서 양상춘은 내심 안도하며 입을 뗐다.

"그런데 이 시간에 나를 보자고 하다니, 어쩐 일인가?"

"상담할 게 있어서."

상담?

그러잖아도 양상춘은 최근 들어 정진건이 번아웃 증세를 겪는 것 같다고 생각하던 차에 그가 '상담'이라는 키워드를 들고 자신을 방문했단 것에 움찔했다.

'이거, 귀찮게 됐군.'

양상춘 스스로도 자신은 인생 상담을 할 상대로 부적절하다는 걸 자각하고 있었기 때문이었다.

하지만 다행히도 정진건의 입에서 나온 건 답이 나올 리 없는 고리타분한 인생 상담 같은 것이 아니었다.

"오늘 저녁에 우연히 이성진을 만났네."

이성진이라.

양상춘은 안도했다.

다만 그 이름이 언급된 것에는 인생 상담 못지않은 무게가 있었다.

"이성진이라니, 어떻게?"

"말 그대로 우연히. 광수대 근처에 곱창전골집이 있지 않나?"

"그랬지."

"거기서 합석했어. 뿐만 아니라 김승연이라는 배우도 왔지."

혹시나 해서 말을 꺼내 보았지만, 양상춘은 그가 내심 예상하던 대로 김승연에 대해선 일말의 관심도 주지 않았다.

그래도 그 정진건의 말에서 이성진이 그와 만남을 의도하지 않았다는 뉘앙스는 양상춘에게 전해졌다.

"그리고 자네는 이성진에게 뭔가 그럴듯한 이야기를 들은 모양이고."

양상춘의 말에 정진건이 고개를 끄덕였다.

"맞아. 거기서 꽤 흥미로운 이야기를 들었거든."

흥미로운 이야기라.

양상춘은 요즘 들어 술에 물 탄 듯 맹숭맹숭하던 정진건이 예전의 열정을 조금이나마 되찾은 듯하다고 여기며 미소를 지었다.

"공교롭군."

"그러게."

"아니, 내가 공교롭다고 한 건 그 우연한 만남 때문이 아니라……."

양상춘은 커피 한 모금을 마시며 뜸을 들인 뒤 말을 이었다.

"실은 새 직장 말인데, 이성진이 경영하는 회사로 들어가게 됐거든."

중년에 들어선 사내끼리 요즘 인생이 어떻고 저렇단 신세한탄이나 할 생각이라면 그도 적당히 맞장구나 칠 생각이었지만, 정진건이 앞을 향하기로 했다면 거기에 응하는 것이 도리라고 생각했다.

"……응?"

하지만 양상춘의 입에서 나온 말은 정진건으로서도 의외였다.

"그게 무슨 말인가?"

"말 그대로……. 정확히는 SJ컴퍼니가 인수한 일산출판사에 들어갔지."

정진건이 눈을 가늘게 떴다.

"우연인가?"

"우연……이기도 하고, 아니기도 하네."

양상춘이 말을 이었다.

"요 얼마간 자네, 눈 뜨고 봐주기 힘들었다는 건 알고 있나?"

"······."

꽤나 직설적이다.

정진건은 양상춘의 지적에 불쾌감을 느끼며 인상을 찌푸렸다.

"지금 그 이야기를 하고 싶은 생각은 없네만."

"나도 마찬가지일세."

"······."

"아무튼 그 당시······ 그러니까 며칠 전 나는 강 형사와 함께 박강선을 요한의 집에 데려갈 일이 있었지."

그 일이라면 강하윤에게 보고를 들어서 알고 있었다.

얼마 전 강하윤은 양상춘과 함께 임시 보호소에 있던 박강선을 데리고 요한의 집에 수속을 밟았던 것이다.

"그땐······ 고마웠네."

"뭘. 나도 바란 일이었어. 당시엔 그런 구실을 대서라도 이성진의 실물을 한 번쯤 만나 봐야겠단 생각이었으니까."

"호기심이 일었나?"

"그것도 있지만······ 솔직히 말하지. 당시만 하더라도 나는 조설훈 살해의 배후에 이성진이 있다고 생각했네."

양상춘의 고백에 정진건이 움찔했다.

"뭐?"

"어디까지나 당시에는 그랬단 걸세. 그도 그럴 것이 조설훈의 죽음으로 가장 큰 이득을 본 것이 이성진이고, 나는 녀

석이 조세화를 쥐락펴락해 조광을 집어삼킬 거라고 생각했
거든."

정진건은 떨떠름한 얼굴이 됐다.

아무리 그래도 아직 초등학생에 불과한 이성진을 그 끔찍
한 일의 용의선상에 뒀다니.

'그렇긴 해도…… 선입견을 배제하고 본다면, 녀석에게 그
럴 만한 동기와 능력이 있다는 것만큼은 부정할 수 없군.'

정진건이 물었다.

"……그런데 왜 내게는 말하지 않았나?"

"말했잖은가. 당시 자네는 눈 뜨고 봐 주기 힘든 상태였다
고."

"……."

"그리고 나는 자네가 고민하는 것이 이성진에게 혐의를 두
고 있음에도 정에 이끌려서 갈등하고 있는 것이라 보았는데,
그건 아닌 모양이군."

"……."

확실히.

만약 이성진이 이 모든 일을 획책한 거라고 한다면, 이성
진을 호의적으로 평가하고 있는 정진건은 견디기 힘들었을
것이다.

'그래도…… 지금은 아니라고 생각하는 모양이니 됐나.'

양상춘이 말을 이었다.

"그리고 나는 거기서 이성진뿐만 아니라 조세화도 만났지. 이후 나는 조세화를 따로 불러 이야기를 나눴다네."

그 말에 정진건이 험악한 얼굴로 양상춘을 노려보았다.

"……설마, 그 애한테 이성진이 부친을 살해했을지도 모른단 이야기를 했나?"

"아무리 그래도 그렇게 경솔하지는 않아."

"……."

그걸 '경솔하다' 운운하는 일로 퉁치고 넘어갈 이야기인가.

양상춘이 말을 이었다.

"조세화에게 이야기한 건 법의학자로서 그녀의 부친을 부검한 게 나이며, 어쩌면 그 죽음의 과정과 결과가 경찰이 수사한 내용과 다를지도 모른다는 것이었어. 그리고 어쩌면 현장에 제3자가 있었을지도 모른다는 추론을 전했을 뿐이지."

그것도 꽤 심각한 이야기다.

"아무리 그래도 수사 중인 내용을 민간인에게 함부로 발설하면……."

"강 형사도 동행했네. 그리고 조세화는 민간인인 한편 유족이기도 하지. 그만하면 진실을 알 자격은 충분하지 않나?"

"……."

뭐가 됐건 결과만 좋으면 장땡이란 건가.

그래도 최후의 일선은 넘지 않은 걸 다행이라고 할지.

정진건이 한숨을 내쉬었다.

"혹시 강 형사도 자네의 그 허무맹랑한 이야기를 알고 있었나?"

"음. 이성진이 범인일지도 모른단 말에는 무척 화를 내더군."

화는커녕, 따귀를 올려붙이지 않은 것만 해도 다행일 정도다.

'그러고 보니 얼마간 강 형사가 독자적으로 수사를 하고 다녔지.'

그럼에도 정진건은 자신이 남을 비난할 처지가 아님을 깨닫곤 쓴웃음을 지었다.

그 당시 현실에서 눈을 돌리고 있던 정진건은 양상춘의 말마따나 '눈 뜨고 봐주기 힘든' 상태였던 모양이니까.

'이래저래 걱정을 끼쳤군.'

마음을 다잡은 정진건이 양상춘을 보았다.

"됐어. 이미 지난 일이고, 자네가 이렇게 말하고 있는 걸 보면 자네도 이성진이 범인일지 모른다는 허튼 생각을 관둔 모양이니까."

"나중에 할 이야기였지만, 그래. 지금은 아니야."

"계기가 있었나?"

"음……. 강 형사의 도움을 많이 받았지. 조세화의 증언도 있었고 말이야. 처음부터 이성진이 이 모든 일을 획책했을지도 모른다는 건, 중간에 '우연'한 요소가 개입했음을 알게 되면서부터 사라졌네."

양상춘은 정진건에게 강하윤이 수사한, 그리고 그사이 벌어진 여러 우연한 만남 등을 말했다.

"결정적인 건 도깨비 신문이었어."

"도깨비 신문이라면……."

"그래, 박상대의 비위를 폭로한 인터넷 매체. 나는 그걸 두고 이성진이 박상대를 실각시켜 조설훈의 팔다리를 끊어 낸 뒤 그를 궁지에 몰아붙이려 한 거라고 생각했지만…… 조세화의 말에 의하면 정작 박상대의 몰락을 사주한 건 조설훈 본인이었던 모양이더군."

"무슨 의미지?"

"말 그대로. 이제 와서 확인하긴 힘들게 됐지만, 조설훈이 박상대가 살해한 정순애의 시체 처리를 도와 준 건 정황상 확실했네. 다만 이후 박상대가 그만 선을 넘고 만 모양이야."

그러며 양상춘은 조설훈이 구봉팔을 시켜 궁지에 몰린 박상대를 해외로 빼돌리고자 했고, 그걸로 그와 인연을 끊을 작정이었던 것으로 보였다는 내용을 전했다.

"……결국 박상대의 때아닌 죽음으로 인해 모든 것이 어그러지고 말았지만, 자네도 알다시피 그건 그 누구도 의도한 바가 아니었다네. 당시 조설훈 입장에서도 박상대가 '도피' 중이라는 내용이 중요하지, 그가 '죽었다'는 것이 대대적으로 보도되면 곤란했던 모양이고."

"……."

"결국 조설훈의 몰락은 그가 자초한 일이었으며, 여러 면에서 운이 나빴다는 걸세."

"……그래서 자네는 이 일이 '이성진과 무관'하다는 결론을 냈나?"

정진건은 이성진을 범인으로 추정한 대담성과 달리 꽤 싱겁게 혐의를 거둔 모양이라고 생각했다.

양상춘 역시 그런 정진건의 날카로운 지적을 부정하지 않으며 어깨를 으쓱였다.

"이래 뵈도 당일 이성진에게 명백한 알리바이가 있었다는 것이며 여러 우발적 요소의 재확인 등등 꽤 생략을 한 일일세. 어쨌거나 조설훈의 죽음으로 이득을 볼 사람은 이성진 한 사람뿐이 아니었단 것도 알게 되었고."

"……이득을 볼 만한 인물이 또 누가 있었다는 건가?"

정진건도 내심 결과상 조설훈의 죽음으로 가장 큰 이득을 본 것이 이성진이라고 생각하고 있었기에 양상춘의 말에 의문을 품었다.

거기서 양상춘은 정진건이 제대로 수사에 뛰어들었다면 그도 이성진을 혐의에 두거나 최근 보던 꼴사나운 모습보다 더 깊은 늪에 빠져들었을 거라고 생각하며 대답했다.

"우선은 최갑철 의원일세."

양상춘의 말이 너무 담담하게 들렸던 탓일까, 정진건의 반응이 늦었다.

"최갑철 의원?"

"그래. 박상대의 예비 장인이기도 했던 그 최갑철 말이야."

"……."

"그래도 우리 추론이 영 허무맹랑한 소리는 아닐세. 실은
얼마 전에……."

"아니."

정진건이 고개를 저었다.

"그러잖아도 나도 오늘은 그 일로 자네와 상의를 해 보려 했
어. 계기는 얼마 전에 최서연이 요한의 집을 인수했단 거지?"

그 말에 양상춘이 눈썹을 씰룩였다.

"뭐야, 자네도 알고 있었나?"

"오늘 알게 된 일이야. 이성진한테 들었거든."

"이성진에게……."

"음. 차로 바래다줄 때 이야기가 나왔지. 운전기사가 휴가
중이더군."

강이찬 말인가.

오늘 마침 김철수를 통해 강이찬의 정체를 알게 된 양상춘
으로선 묘한 기분이었다.

"뭐라고 하던가?"

"이제 요한의 집은 최서연이란 사람이 운영하게 되었으니,
예전처럼 박강선 문제는 '사적'으로 도와주기 어렵게 되었다

고 했어. 그러면서 박강선의 유산 관리에 대해 '전문적'인 이
야기를 했는데, 그건 넘어가고……. 아무튼 그 이야기를 들
으니 나도 모르게 내심 턱하니 걸리는 점이 생기더군."

"……그랬나."

한편 양상춘은 정진건의 이야기를 들으며 어딘지 콕 짚어
말하기 힘든 위화감을 느꼈다.

'이성진이 최서연 이야기를 정진건에게 꺼냈다……?'

그야 구실로서는 그럴듯하지만.

이성진은 분명 일부러 그런 말을 꺼냈을 거란 생각을, 양
상춘은 떨쳐 내기가 힘들었다.

최서연에 대해선 언젠가 양상춘도 이성진과 꽤 심도 깊은
이야기를 나누었던 바, 양상춘은 이성진이 정진건에게 최서
연 이야기를 꺼낸 건 다분히 의도적일 거란 생각이 들었다.

'그 영악한 꼬맹이가 정진건을 이용하려고 하는 건가?'

그 뻔뻔함에 헛웃음이 나오려는 한편, 양상춘은 자신이
그런 입장이어도 이성진처럼 행동했을 거란 생각엔 입안이
썼다.

'그렇다는 건 어쨌든…… 이성진은 그 나름대로 조설훈을
살해한 진범을 찾으려 노력 중이란 의미로군.'

하긴, 등잔 밑이 어둡다고 이성진은 자신이 인수한 회사가
안기부라는 것은 꿈에도 생각하지 못하는 모양인 데다, 안기
부가 그에게 알려 준 새로운 정보에 대해서도 깜깜할 테니.

'……안기부는 배후에 광남파란 조직과 광금후를 염두에 두고 있는 모양이지만, 그렇다고 최서연의 행동거지가 수상쩍지 않다는 것도 아니지.'

또, 까놓고 말하면 양상춘 입장에서 안기부가 하는 말 전부를 믿을 근거도 없다.

막말로 그들이 이중으로 덫을 놓고 건드리면 사회적으로 큰 혼란을 야기할 최갑철 대신, 이 기회에 이익을 도모하고자 다른 희생양을 물색한 거라고 해도 양상춘은 그럴 법하다고 고개를 끄덕일 자신이 있었다.

한편으로는 그래서일까, 양상춘은 정진건이 말한 이성진의 행동이 그가 생각하는 것만큼 순진한 의도로 행한 것이 아니라는 걸 선뜻 입 밖으로 꺼내기가 힘들었다.

그래서…….

"그런데 양 박사는 그 이야기를 누구에게 들었나?"

"조세화. 요한의 집을 인계하는 자리에는 조세화도 함께 있었다더군."

"음."

양상춘은 정진건의 질문에 표면적인 사실만을 밝혔다.

'정진건을 끌어들인 이성진의 꿍꿍이는 모르겠지만…… 신중하게 접근할 때이니 지금 모든 패를 보일 필요는 없겠지.'

양상춘이 택한 건, 일단 모른 척 이성진이 하려는 걸 지켜보잔 것이었다.

"그러면 정 형사, 거기서 자네가 위화감을 느낀 요소는 뭐였지?"

"어딘지 모르게 새삼스럽단 생각이 들었어."

양상춘의 속내를 알 리 없는 정진건은 담담하게 말을 이었다.

"최갑철 측이 박상대의 약혼자였던 자신의 딸을 앞세워 요한의 집을 인수했다는 건, 마냥 선의에서 비롯한 것이 아닐지도 모른다. 하지만 그렇다고 그쪽이 박강선 몫의 유산에 탐이 나서 접근한 것 같지도 않고……. 그도 그럴 것이 박강선의 유산은 이성진이 관리하고 있는 모양이니까."

"그래, 다른 건 몰라도 이성진이 돈 문제는 철저해 보이더군."

정진건은 사업가로서 이성진의 역량을 잘 몰랐지만, 양상춘의 말에 왠지 절로 고개가 끄덕여졌다.

모르긴 몰라도 최서연 측이 박강선의 유산을 노린다면 이성진 측에서 견제를 할 거라고 생각하며 정진건이 입을 뗐다.

"아무튼 그래서 나는 최서연이, 나아가 최갑철 의원 측에서 요한의 집을 인수한 까닭에는 정치적 목적이 있지 않을까, 하고 생각했지."

양상춘은 고개를 끄덕이며 마시던 커피 잔를 내려놓았다.

"즉, 사실상 생판 남이나 다름없는 옛 예비 사위의 사생아를 거둬들여 이미지 메이킹, 최갑철 본인의 인망을 과시하고자 한단 이야긴가?"

"음, 자네도 그렇게 생각하고 있었나 보군."

"……."

정진건은 마치 실마리를 쥔 것처럼 말하고 있었지만, 조설훈 살해에 최서연이 연루되어 있을지도 모른다는 가설은 안기부가 전달한 새로운 정보로 인해 주목도가 낮았다.

'……그야 물론 그건 그것대로 수상쩍기는 한데, 이걸 조설훈의 죽음과 연계해 살펴보아야 할지 아니면 별개의 음모로 보아야 할지 모르겠단 말이야.'

그렇긴 해도 이성진의 존재를 배제한 채로는 깊이 있는 이야기를 진행하기가 어려웠다.

한편으론—양상춘도 정진건이 뛰어난 형사라는 건 알고 있었지만—그가 강하윤을 이번 일에서 배제했던 이유와 마찬가지로 그가 이 일에 관여하지 않길 바랐다.

차라리 관여를 한다면…….

'아니지, 그것도 안기부가 엮여 있으니.'

어느 쪽이냐 하면 차라리 최갑철과 최서연의 뒤를 캐는 게 낫지 않을까.

'마냥 배제해 버리자니 이 친구는 또다시 눈뜨고 보기 힘든 슬럼프에 빠질 거 같고…….'

양상춘이 머리를 벅벅 긁었다가 뒤늦게 정진건의 존재를 눈치채곤 고개를 들었다.

"아, 미안하네. 잠시 생각할 게 있어서."

"신경 쓰지 말게. 자네 집이고, 이쪽이 신세지고 있으니까."

양상춘이 픽 웃었다.

"솔직히 말하면 자네가 이 일을 캐도 괜찮은지 모르겠어."

"무슨 말인가?"

"그 왜, 최갑철 의원 정도 되는 거물이 엮인 일이지 않나. 실은 나도 이쯤해서 강 형사에게 협조를 중단해 달라고 했네."

"……."

정진건은 양상춘의 배려에 고마움과 고까움을 동시에 느꼈다.

"그러는 자네도 국과수를 관두지 않았나?"

"아니, 나는 현장 일이 좋아서 거기 붙어 있었을 뿐이야. 괜히 승진 같은 걸해서 쓸데없는 중간관리직에 놓이기 싫어서 나왔던 거지."

"……."

"뭐, 내 입으로 이런 말하기는 뭣하지만 우리 나이쯤 되면 새로 직장을 구하는 것도 꽤 어렵거든."

정진건이 쓴웃음을 지었다.

"왜, 자네도 곧장 새 직장을 구했으면서."

"그래서 말하지 않았나. 내 입으로 이런 말하기는 뭣하다고……. 흠, 별수 없군. 그 이야기는 곧 할 예정이었지만."

양상춘이 어깨를 으쓱였다.

"이렇게 됐으니 두 번째 용의자 이야기에 앞서 내가 일산 출판사에 들어간 계기를 말해 주겠네."

양상춘은 조세화를 대동하고 이성진과 시저스에서 재회한 이야기를 간추려 전했다.

"……듣던 이상으로 똑똑하긴 하더군. 이성진은 내가 들려 준 몇 가지 단서만 가지고도 그 자리에서 어떤 일이 있었는 지 꽤 정확하게 추론해 내지 뭔가. 자네나 강 형사가 그 꼬마 를 아끼는 까닭을 알 것 같았어."

양상춘과 달리 정진건 본인이나 강하윤이 이성진에게 호 감을 느끼는 건 그 지능이나 배경 때문이 아닌 다른 요소 때 문이었지만, 정진건은 괜한 이야기로 이야기의 흐름을 끊을 생각이 없었다.

"뭐, 따지고 보면 그 녀석은 이번 사건의 처음과 끝을 꿰고 있는 셈이니까."

정진건의 가벼운 맞장구에 양상춘이 고개를 끄덕였다.

다만 둘이 생각하는 '시작' 지점은 달랐다.

정진건이 생각하는 '시작'이란 한강에서 변사체로 발견된 시신, 그리고 근처에서 강하윤이 발견한 반지의 행방을 찾는 일을 의미하는 것이었고, 양상춘이 생각하는 '시작'이란 이성 진이 도깨비 신문의 김기환을 사주하여 박상대의 비위 기사 를 쓰게끔 지원한 일이었다.

그 '시작'점을 떠올린 양상춘은 문득 생각했다.

'그러고 보니 이성진은 최갑철의 압력을 받았던 어느 요정에서 이휘철과 그의 지인에게 도움을 받았다고 했지.'

이성진은 그를 일컬어 이휘철과 간간히 바둑이나 두는 사이라고 말했지만, 정계 거물과 재계 거물이 모인 '중재' 자리에 단순한 한량이 불쑥 끼어들 수 있을 리가 없다.

'……혹시, 어쩌면.'

안기부는 그때 이미 이성진의 주위를 배회하고 있었다는 건가?

'아니지, 강이찬을 심어 둔 걸 보면 그때 이미 이성진을 주목하고 있었다는 건 분명해.'

다만, 새로이 떠오른 가설은.

'이휘철도 안기부가 이성진을 보호(감시)하고 있다는 걸 아느냐는 건데.'

지금으로서는 그 유무가 어떤 의미일지 감이 오질 않지만, 일단 당시 현장에 안기부의 꽤 높은 인물이 동석했을 가능성에 대해서는 기억해 두기로 하자.

'정진건도 언젠가는 그 일을 알게 될지 모르지만…… 지금은 내버려 둘까.'

하지만 시작이 어디건 '끝'에 대해선 둘의 의견이 일치하리라.

"그래, 이성진에게 혐의가 없다고 생각한 이유 중 하나가 녀석의 당일 알리바이였지. 이성진은 사건이 있던 날 치킨을

맛보다가 집에 돌아가자마자 조성광의 부고를 듣고 곧바로 장례식장엘 갔다더군."

"음, 우리 쪽에서도 김보성 검사가 방문했지. 그때 마침 조설훈과 조지훈의 사망 소식이 들어왔거든. 심지어 그 직후에는 조설훈의 장례도 치렀으니⋯⋯."

거기서 정진건이 멈칫하며 말끝을 흐렸다.

잘은 모르겠지만, 방금 양상춘의 말에서 정진건은 묘한 위화감을 느낀 것이다.

'⋯⋯곧바로 장례식장에 갔다고?'

단순히 전달하는 뉘앙스의 차이에 불과할지도 모르지만, 그 표현에서 오는 위화감은 정진건의 무의식에서 재동을 걸어왔다.

'⋯⋯기억은 해 두자.'

정진건이 멈칫했던 걸 본 양상춘이 그를 떠보았다.

"뭔가 생각난 거라도 있나?"

"아니, 그냥 별거 아닌 생각일세. 아무튼⋯⋯ 무슨 이야기를 하는 중이었더라?"

"이성진이 똑똑하다는 이야기였지."

정진건은 해가 동쪽에서 뜬다는 이야기를 굳이 할 필요가 있을까, 하고 생각했다.

하지만 양상춘의 말에도 문제는 있었다.

"이번에도 경찰 수사 내용을 민간인에게 전달했군."

"……그렇게 따지면 자네도 녀석에게 변사체의 신원을 밝힐 반지를 찾도록 부탁하지 않았나?"

그 일은 강하윤의 독단이었지만, 부하의 잘못은 상사가 책임을 지는 법.

'왠지 그때 그가 강 형사를 부추겼을 것 같기는 한데…….'

정진건이 두 손을 들었다.

"됐네. 그래서 이성진은 어떻게 대응하던가?"

"음…… 결과적으로는 도와주기로 했지. 사실 내가 이성진의 회사에 들어간 것도 녀석의 '새 명함이 필요' 하겠다는 가벼운 말로 시작된 거였어."

그런 일로 덜컥 회사에 들어가다니, 이건 완전…….

"……낙하산?"

"그렇게 말해도 할 말이 없군."

양상춘이 민망해하는 얼굴이자 정진건이 사과했다.

"아, 미안하네, 그런 뜻으로 한 말이 아니라."

"뭘, 사실인데. 어떻게 포장하든간에 그게 진실이지. 그렇게 해서 나는 조세화나 이성진 같은 꼬마들과 연락을 주고받더라도 이상하게 보이지 않는 아저씨가 된 셈이고."

솔직히 말하면 그건 그것대로 이상하다고 생각했지만, 방금 전 말실수를 한 마당이니 정진건은 그 점은 지적하지 않기로 했다.

"그러면 지금은 이성진도 조설훈을 살해한 별개의 범인이 있다는 걸 알고 있겠군. 그런데도 내게 연락을 하지 않았다……."

정진건의 중얼거림을 들으며 양상춘이 빙긋 웃었다.

"왜, 서운한가?"

"서운하다고 말하기보단…… 오늘 만났을 때는 아무런 내색도 하지 않기에."

"……뭐, 공과 사를 구분하는 거겠지. 녀석은 내가 자네와 개인적으로 연락을 주고받는 사이라는 것도 모르고 있을 테고."

"응? 그런가?"

"뭐, 강 형사랑 동행하는 걸 본 적은 있지만 내가 자네와 함께 있는 걸 본 적은 없지 않나."

하긴, 그도 그렇겠군.

정진건이 툭하고 물었다.

"혹시 이성진은 최서연 쪽에 혐의를 두고 있나?"

양상춘은 속이 뜨끔했다.

"응? 왜?"

"그야…… 녀석이 아무 의미 없이 그런 말을 꺼내지는 않았을 테니까."

담담하게 말하는 정진건을 보며 양상춘은 내심 '뭐야, 신경 안 쓰네.' 하고 생각했다.

그래도 이제 와서 그걸 내색하기도 어색했으므로 양상춘

은 어깨만 으쓱일 뿐이었다.

"나야 모르지. 하지만 만일 어떤 추론 과정을 거쳐 그런 결론에 이른 거라면 나름 이유가 있을 걸세. 똑똑한 녀석이니까."

"음."

"다만 이야기를 계속하자면, 이쪽에선 최갑철 의원 말고도 '이득을 볼' 다른 인물을 물색해 두었네."

하긴, 양상춘도 '우선은 최갑철 의원일세.' 하고 말했겠다, '우선'이라는 말에는 그다음도 있는 법이니 정진건은 가만히 양상춘의 말을 기다렸다.

"그다음으로 이득을 볼 사람은 구봉팔일세."

"……."

구봉팔의 이름이 언급되자 정진건이 눈을 가늘게 떴다.

"과연. 구봉팔 역시 현 조광 체제에서 큰 수혜를 본 사람 중 하나지."

얼마 전까지만 하더라도 무명 건달이던 구봉팔은 이번 형제의 난으로 조광 그룹의 핵심 인물 중 한 사람으로 부상하였다.

'그렇다는 건 양 박사는 구봉팔에게 혐의를 두고 있는 것인가?'

정진건이 생각하는 사이, 양상춘이 말을 이었다.

"그리고 광금후란 인물도 있지."

"광금후?"

정진건은 자신이 염두에 두지 않은 인물이 언급된 것에 의아함을 표했지만, 양상춘은 그가 잘못 들은 게 아니라는 양 고개를 끄덕였다.

"그래. 광금후."

광금후란 인물에 대해선 오늘 김철수와 헤어지고 난 뒤 조세화에게 들었다.

"조광의 자회사 중 하나인 신진물산의 대표일세. 듣기로는 조설훈이 살해되던 날 오전에 있었던 긴급임원회의 때 조설훈에게 공공연히 시비를 걸어 댔다나."

"……."

"그다음으로는……."

"잠깐만."

거기서 정진건이 인상을 찌푸렸다.

"구봉팔에 이어서 광금후, 그리고 그다음 인물이라니 조설훈 살인의 배후자로 지목할 만한 인물이 그렇게 많은가?"

"내가 말하지 않았나."

양상춘이 담담하게 대꾸했다.

"내가 이성진에 대한 혐의를 거둔 건 조설훈의 죽음으로 이득을 볼 만한 사람이 있어서라고."

"……자네 지금 나랑 농담 따먹기 하자는 건가?"

양상춘이 고개를 저었다.

"그럴 리가. 이득을 볼 수 있기에 조설훈을 죽였다는 논리라면 굳이 이성진만 용의선상에 둘 필요는 없다는 의미일세."

"……."

"그런 이유로 나는 내 사고의 오류를 정정하는 과정을 밟았고, 조설훈의 죽음으로 인해 이득을 볼 만한 인물은 이성진 뿐만은 아니란 의미에서 한 말이지."

정진건이 불쾌해할 걸 알면서도 그가 이렇게 두루뭉술한 이야기를 늘어놓은 건, 배후의 안기부 때문이었다.

양상춘으로선 정진건에게 광금후에 대한 이야기를 섣불리 꺼냈다간 안기부와 척을 지게 될지도 모른다는 우려가 작용한 것이다.

그렇다고 양상춘이 안기부 요원 김철수의 말을 전부 믿는 건 아니었다. 어쩌면 정말로 광금후가 광남파와 손을 잡고 조설훈을 제거했을지도 모른다.

하지만 그렇지 않을 가능성도 배제할 수는 없다. 막말로, 어쩌면 조설훈을 살해한 것은 안기부일지도 모른다.

'설마하니 그럴 리는 없겠지만.'

안기부라는 조직은 그들이 추구하는 '국익'이라는 가치를 위해서라면 민간의 희생쯤은 개의치 않는 기형적인 조직이었고, 양상춘이 속한 세대는 그런 안기부에 대해 필요 이상의 경계를 하고 있었다.

그런 생각을 바탕에 깔고 양상춘은 일부러 태연한 얼굴로 말을 이었다.

"어쨌건 내가 하고 싶은 말은 거기까지일세. 조설훈의 죽음으로 이득을 볼 만한 인물이 산재해 있는 시점에서 나로선 더 이상 이성진에게만 천착할 이유를 찾지 못했고, 이성진은 이성진대로 자신의 회사에 나를 초빙한 목적은 겸사겸사, 말 그대로 돈벌이 수단에 나를 써 보고자 함이었단 거지."

그런 양상춘을 앞에 두고 정진건은 직감적으로 그가 자신에게 무언가를 감추고 있다는 인상을 받았지만, 그로선 이 이상 양상춘을 추궁할 명분이며 이유를 찾을 수가 없어 캐묻는 걸 관뒀다.

"……그러면 이성진은 일단 최서연에게 혐의를 두고 내게 그런 말을 꺼낸 모양이군."

양상춘은 정진건이 구봉팔이나 광금후에 초점을 두지 않는 걸 내심 안도하면서—따지자면 최갑철도 누구 못지않은 거물이긴 하지만—고개를 끄덕였다.

"아마 그런 모양이지. 녀석의 생각에 주변에서 주목할 만한 신변의 변화가 있다면 그건 최서연의 요한의 집 인수였을 테니까. 그래도."

양상춘이 말을 이었다.

"어찌 되었건 자네가 이 일을 건드려 볼 생각이라면 일의 경중을 잘 따져 신중하게 처신하길 바라네."

"……."

오늘 따라 양상춘은 여러 모로 평소와 다른 느낌이긴 했지만, 방금 그 말만큼은 진심으로 느껴졌다.

다음 날, 아침부터 회사 로비가 시끄러웠다.

'무슨 일이야?'

평소라면 지하 주차장에서 VIP전용 엘리베이터를 타고 사장실로 직행할 테니 이런 꼴을 안 봐도 됐겠지만, 강이찬이 휴가 중이어서 택시를 타고 출근한 난 로비의 소란에 참견하지 않기가 힘들었다.

'아하, 그런 거였나.'

로비의 소란스러움은 다름 아닌 김승연 때문이었다.

'……아니, 그렇다고는 해도 지금 상황은 이해가 가질 않는데.'

김승연은 지금 남의 회사에서 때아닌 팬 사인회를 개최하는 중이었고, 로비에는 김승연의 사인을 받으러 사원들이 줄을 서 있었다.

사정을 알게 된 것과 이해하는 건 다르다.

아무리 김승연이 톱스타라곤 해도, 아침부터 엄숙한(?)회사에서 지금 뭐 하는 일인가.

"얼씨구."

심지어 사인을 받으러 줄을 선 사람들 중엔 경비도 있을 정도였다.

"아, 사장님."

경고라도 줘야 하나 생각하며 로비 쪽으로 향하니 전예은이 나를 알아보곤 내 앞으로 쪼르르 달려와 인사를 건넸다.

"일찍 오셨네요."

"예, 뭐."

나는 그 상태로 전예은에게 물었다.

"아침부터 대체 어떻게 된 일입니까?"

"그게 말이죠……."

전예은이 쓴웃음을 지으며 빠르게 사정을 설명했다.

말인 즉, 김승연은 오늘 아침 그녀를 '선의'로 회사까지 바래다주었으며, 회사에 도착한 직후 그녀를 알아본 회사 사람들로 인해 갑자기 즉석에서 사인회가 열렸다는 것이다.

'내가 김승연을 너무 얕보고 있었나?'

제아무리 군중이 분위기에 휩쓸리기 마련이라고는 하나, 회사 사람들이 김승연을 중심으로 뭉치는 건 사람을 끌어당기는 타고난 힘이 있지 않고선 발생하기 힘들다.

'이거, 내가 주의를 줄 상황은 아니군.'

우리 회사의 구조상 모두가 정직원인 것도 아니고, 내가 사장이며 실질 경영자인 것을 모르는 사람도 태반인 그런 곳이다 보니 웬 꼬마가 '해산'이라고 말한들 반발밖에 나오지 않을 듯하다.

나 역시도 그런 일로 괜히 얼굴을 팔고 싶지는 않고.

"……적당히 마무리 짓고 올라오세요."

그렇다고 전예은을 데리고 올라오기도 뭣하니. 내 말에 전예은은 괜히 본인이 송구스럽다는 양 고개를 꾸벅 숙였다.

"네, 사장님."

아무리 지금이 세기말이라고는 하지만 말세군, 말세야.

내가 혀를 끌끌 차며 돌아가려는데 전예은이 나를 붙들었다.

"아 참, 사장님. 어쩌면 김승연 씨가 사장님을 뵙자고 할지도 몰라요."

"……그래요? 알겠습니다."

그건, 그나마 좋은 소식이군.

'어젯밤 김승연을 구워삶아 준 건가? ……뭐, 자세한 건 나중에 듣기로 하고.'

나는 인파를 피해 사장실로 향했다.

"안녕하세요, 사장님."

"네, 안녕하세요."

이 비일상적인 사태에 윤선희만이 일상을 유지해 주고 있는 것이 나로선 감사할 따름.

"있지, 들으니까 로비에 김승연이 와 있다던데."

이라고 생각했는데, 그런 것만도 아니었던 거 같다.

"나도 잠시 사인 받으러 다녀와도 될까?"

반말을 하는 걸 보니 그나마 그녀도 이 부탁이 '업무 외적'인 일인 건 자각하는 모양이긴 한데.

"……곧 본인이 직접 올라올 모양이니까 그때 받으시죠."

"진짜? 우와!"

나 원 참.

고개를 저으며 사장실로 가려는데 윤선희가 사무적인 투로 덧붙였다.

"사장님, 바른손 레코드 백하윤 대표로부터 연락이 있었습니다."

그걸 먼저 말해야지.

"그래요?"

"예, 당시엔 사장님이 부재중이셔서 추후 다시 연락 주신다고 했습니다."

"알겠습니다. 그러면 그때 연결해 주세요."

"예."

백하윤이 미국에 도착한 모양이다.

사장실로 들어온 나는 컴퓨터를 부팅한 뒤, 서랍을 열어 어제 퇴근하며 두고 간 비디오테이프를 공연히 살폈다.

'보나마나 바이올린 신동 문제로 연락을 한 거겠지.'

이미 만났을까?

그럴 것이다.

백하윤이라면 만사를 제쳐 두고라도 그 꼬마를 먼저 만나려 했을 테니까.

'그것도 이쪽에 빚 아닌 빚을 져 가면서.'

어젯밤 나는 백하윤이 내게 일방적으로 제시한 조건에 대해 곰곰이 생각해 보았다.

백하윤은 SJ컴퍼니, 나아가 SJ엔터테인먼트로 하여금 '거절할 수 없는' 제안을 했으니, 그 일은 내 쪽에서도 어느 정도 편의를 요구할 자격도 있었다.

'겸사겸사 마동철을 불러 상의해 볼 필요가 있겠군.'

나는 생각을 마치자마자 곧장 전화기를 눌러 윤선희를 불렀다.

"실장님, 마동철 전무님 좀 불러 주시겠습니까?"

―예, 알겠습니다.

분부를 마친 뒤, 나는 의자에 등을 기댔다.

'그나저나 마동철은 나와 백하윤, 둘 중 한 사람의 편을 들어야 할 상황에서 누구를 택할까.'

일부러 관심을 기울이지 않은 것이기는 하나, 마동철이 어떻게 백하윤과 인연을 맺게 되었는지, 그리고 그가 어떤 경유로 연예계 일에 종사하게 되었는지에 대해 아는 바가 없었다.

'전예은이 별말 하지 않은 걸 보면 해될 건 없겠구나 싶기는 한데…….'

그나마 내가 그에 대해 아는 것이라곤 그가 현재 우리 산하의 각종 프랜차이즈 인테리어 업무를 겸하는 동철 인테리어 회사의 대표까지 겸할 정도로 그쪽에 소양이 있었다는 정도.

물론 인테리어 업무는 마동철 본인도 그렇게까지 진심으로 하고 싶어 하지 않는 눈치여서 지금은 동철 인테리어의 명의만 내주고 있을 뿐, 그가 직접 업무에 임하진 않지만.

'뭐, 어지간해선 나냐 백하윤이냐 양자택일의 경우를 강요할 일은 없겠지.'

잠시 그러고 있으려니 윤선희 측에서 '곧 오신다고 합니다.' 하며 마동철의 내방 소식을 알렸다.

같은 건물이어서 그런 걸까, 마동철은 금방 사장실로 찾아왔다.

"들어오세요."

"실례하겠습니다."

나는 마동철을 자리로 안내하며 상석에 엉덩이를 붙였다.

마동철은 내가 무슨 일로 자신을 불렀는지 짐작하고 있다는 듯, 내가 앉기를 기다렸다가 자리에 앉으며 곧장 입을 뗐다.

"어제는 실례가 많았습니다."

아무래도 그는 내가 어제 윤아름 일로 문책을 하려는 건가, 하고 생각한 모양이다.

"아뇨, 어제 일이라면 신경 안 씁니다. 어쨌거나 결과적으론 잘된 모양이니까요."

"그래도……."

"엔터 쪽 일은 전무님께 일임해 두지 않았습니까? 오히려 저로선 전무님 선에서 미팅을 진행한 것이야말로 과잉은 아닌가 생각했을 정도인데요."

마동철은 내 말을 쓴웃음으로 받았다.

"이해해 주셔서 감사합니다."

뭐, 따지고 보면 내가 전예은에게 부탁받은 일은 어디까지나 '가는 길에 윤아름을 방송국에 태워다 주는 것'이 전부고, 그 바람에 생긴 일체의 사건은 순전히 내 오지랖에서 비롯한 일에 불과했다.

"원래는 어제 복귀 후 전무님께 사정을 들으려 했습니다만, 제가 워낙 다른 업무로 바빠 틈이 나질 않아서요."

"예."

"그래도 대강 사정은 들었습니다. 이번 KBC 신작 드라마에 윤아름이 출연하기로 했다죠?"

"그렇습니다."

마동철이 고개를 끄덕이곤 입맛을 다셨다.

"실은 저도 어제 신바람 엔터 측에 그 일로 문의를 했습니다만……."

신바람 엔터테인먼트란 안형욱이 소속된 대형 기획사 이름이다.

마동철의 말에 의하면, 마동철에게 직접 연락한 안형욱은 신바람 엔터 측이며 감독 및 배우들과 이미 결정된 일인 양이야기를 진행했으며 마동철은 설마하니 명망 높은 대배우가 그런 '막나가는 짓(소속사 의향과 달리 멋대로 계약을 진행하려 한 건)'을 할 줄은 꿈에도 몰랐던 모양이었다.

김승연이 어제 오전 부리나케 감독을 찾아와 윤아름의 출연을 따지고 물은 것 역시, 김승연이 속한 소속사에서도 이번 사태를 어떻게 처리할지 몰라 눈치를 살피는 것이 답답해서 본인이 직접 찾아간 듯했다.

'김승연이 소속사를 옮기고자 하는 거라면, 이미 거기서 신뢰가 무너진 거라고도 볼 수 있겠군.'

정리하자면 이 모든 건 안형욱의 독단이었으며, 이 모든 과정은 신바람 엔터 측과 합의되지 않은 내용이란 의미였다.

"죄송합니다. 그 일이 있기 전에 제 쪽에서 좀 더 자세히 알아보고 진행해야 했는데……."

"아닙니다. 굳이 이번 일의 잘잘못을 따지자면 저쪽에 책임 소재를 물을 일이었는걸요."

들으니 신바람 엔터 측도 안형욱의 돌발 행동에 당황한 모양이고. 그나마 마동철이 미팅 직전 상황을 파악한 것도 함께 입장한 백하윤의 도움이 컸다는 듯했다.

'나도 그걸로 그녀에게 또 한 번 무형의 빚을 졌다고까지 생각하진 않겠지만.'

김승연과 안형욱이 엮인 일련의 사태는 이쪽도 피해자니까.

'그러면 마동철은 그 일로 백하윤을 몰아붙여 줄 용의가 있으려나.'

나는 마동철을 살피며 입을 뗐다.

"어쨌든 어제 일은 결과적으로 잘 진행되었으니 됐습니다. 지금으로서는 김승연 씨도 출연을 번복하지 않을 거 같고요."

"예……."

마동철은 어제 일이 무난하게 끝난 것에 안도하는 한편, 내가 오전부터 자신을 불러낸 까닭을 궁금해하는 눈치였다.

"그보다 실은 전무님과 상담하고 싶은 일이 있습니다."

"저에게 말씀이십니까?"

자리에서 일어선 나는 책상으로 향해 어제 전예은이 놓고 간 백하윤의 전문을 찾아 마동철에게 건넸다.

"읽으면서 들으시죠."

나는 마동철이 어리둥절해하는 얼굴로 서류를 받아 드는 걸 지켜보다가, 그 표정이 굳기 시작할 즈음 다시 입을 뗐다.

"어제 오후에 받은 내용입니다. 백하윤 대표님께선 저희가 CBS 측에 무언가를 해 주길 바라시더군요."

마동철이 딱딱하게 굳은 얼굴로 서류에서 눈을 뗐다.

"이해가 잘 안 되는군요. 혹시 다른 전언은 없으셨습니까?"

마동철 역시도 백하윤의 일방적인 요구가 언짢음을 넘어 의아할 지경인 듯했다.

"아직은 없었습니다."

"혹시 이 문제로 곧 연락하실 거라면 저도……."

"지금은 미국에 계신다고 해서요."

내 말에 마동철은 어리둥절해하는 얼굴이 됐다.

"미국…… 말씀이십니까?"

그도 그럴 것이 어제 오전만 하더라도 멀쩡히 한국에 있던 사람이고, 출장의 낌새라곤 전혀 없었으니 그도 당황할 만했다.

그쯤해서 나는 바른손 레코드에서 나눈 이야기와 KBC 방송국에서 미팅 이후 CBS에서 있었던 이야기를 마동철에게 들려주었다.

"……음."

내 이야기를 들은 마동철의 표정은 복잡하게 변했다.

그 표정을 해석하자면 백하윤의 행동을 이해는 하지만 공감까지는 할 수 없단 느낌이었다.

"그런 일이 있었습니까."

마동철은 나지막이 중얼거리며 다시 한번 서류를 힐끗 쳐다본 뒤 고개를 들었다.

"대표님께서는 아마…… 저희가 이 일을 받아들이면 이후 디지털 음원 작업에도 힘을 보태 주실 거란 의도까지 포함하신 것 같습니다."

내 생각도 그러하다.

백하윤이 내건 조건은 아마 CBS에게 천재소녀를 양도받는 조건을 내세워 그녀가 낼 수 있는 최선의 패를 꺼낸 것이고, 백하윤은 그 대가로 우리에게 공문화되지 않은 조건을 암시하는 것이리라.

다만 그렇다고 해도 백하윤의 일방적인 통보에 가까운 이번 행보는 한 회사의 대표로서 보자면 도를 지나친 감이 없잖아 있었다.

내가 고개를 끄덕이는 걸 보며 마동철이 쓴웃음을 지었다.

"그래도 대표님께서 이렇게 행동하실 정도면 미국에 있는 바이올린 신동이 어지간한 인재였던 모양입니다."

"예, 그렇게 보이더군요."

"……공개적인 장소에서 하기엔 조심스러운 말씀입니다만, 대표님께서 바른손 레코드의 공동 창업자가 되신 것도 대한민국 클래식 업계의 발전을 위한 일이었으니까요."

그러면서 마동철은 괜스레 내 눈치를 살폈다.

애당초 백하윤이 내게 호의적이었던 것이며, 그녀가 내게 접촉한 까닭은 사모가 그녀의 제자였던 것보다 내 바이올린 재능이 계기였다.

그런 와중 나를 대신할, 어쩌면 나보다 재능이 더 뛰어날지도 모를 천재를 발굴할 기회가 왔다면 그녀는 주저하지 않고 그쪽에 손을 들어줄 것은 당연했다.

그런 이유로 마동철은 내가 그 일로 백하윤에게 서운함을 느끼지 않을까 우려하는 눈치였으나, 나는 백하윤의 행보에 오히려 약간의 해방감마저 느끼고 있었다.

'따지고 보면 나는 나도 원한 적 없던 기이한 재능으로 백하윤을 이용한 것에 불과하니까.'

오히려 내가 바이올리니스트의 길을 걸을 수 없다는 걸 알고 있으면서도 그녀가 나를 챙긴 건 그녀에게 있는 일말의 미련 때문이었을 테니까.

그러니 백하윤과 나는 이제 서로가 철저한 비즈니스적 관계로 거듭나는 것이 서로에게 좋은 일일 것이다.

나는 마동철에게 그 일로 괘념치 않는다는 티를 팍팍 내면서 입을 뗐다.

"그러면 백하윤 대표님께선 이후 저희에게 유리한 조건으로 업무를 진행해 주실 거라고 보아도 되겠습니까?"

"저는 그렇게 생각합니다."

자리가 사람을 만드는 걸까, 나도 마동철의 자질을 눈여겨보고 그를 전무직에 앉힌 것이긴 하지만, 마동철은 나와 백하윤 사이에서 내 쪽으로 저울을 기울이는 눈치였다.

마동철이 말을 이었다.

"다만 그전에 저희도 CBS 측에 제공할 좋은 프로그램을 만드는 일이 급선무겠지만요."

"그 문제는 대략적이나마 구상해 둔 게 있습니다."

물론 전생에 성공한 예능 포맷을 답습한다고 할지라도 그게 성과로 이어지는 건 운이 따라 주어야 한다.

그럼에도 마동철은 내가 '대략적이나마 구상'해 둔 바가 있다고 하니, 얼굴에 미소가 번졌다.

"어떤 내용입니까?"

어느 것을 할까, 고민했지만 나는 현장의 애드리브보다 포맷의 힘이 더 우세한 방향을 택했다.

"SBY를 앞세워 전국 팔도의 명승지를 찾아다니는 프로그램입니다."

"……예?"

내 말에 마동철은 딱딱한 다큐멘터리를 떠올렸는지 표정이 그런 다큐멘터리 못지않게 딱딱해졌다.

"그건…….”

"1박 2일로요."

그러자 딱딱하던 마동철의 표정이 조금 느슨해졌다.

"1박 2일?"

"예. SBY에겐 조금 미안한 이야기지만, 야생에서 구르며 가능한 한 힘들고 피곤하며 괴로운 여행이 될 겁니다."

"흐음…….”

"거기서 먹는 음식도 프로그램 내에서 정할 것이고, 잠자리, 기상 미션, 이동 방식 등등도 다이내믹하게 구상할 생각인데요…….”

내게서 전성기엔 50%에 육박하는 시청률을 자랑한 전생의 예능 프로그램 포맷을 들은 마동철은 흥미진진해하며 이야기를 들은 뒤 고개를 끄덕였다.

"참신하군요."

응, 이 시대에는.

"저도 마침 그 애들의 예능 감각을 눈여겨보고 있었습니다. 아마 우리 애들이라면 잘해 줄 겁니다."

마동철이 빙긋 웃으며 말을 이었다.

"게다가 야외 촬영으로 돌리면 CBS의 지원에 크게 기댈 필요가 없단 점도 마음에 들고요."

그건 솔직히 염두에 두지 않았지만, 소소하게 얻어 걸렸다.

"그렇죠?"

"예, 꽤 재밌는 방송이 나올 것 같습니다."

그와 별개로 SBY에겐 고생길이 열리겠지만, 그건 내 알 바 아니고…….

"제작은 통통 프로덕션에 맡기실 예정입니까?"

"예, 추가로 외부 인력을 고용할 필요는 있을 것 같습니다만."

"알겠습니다. 그 문제는 저희 측에서 조율해 보겠습니다."

하나를 말하면 둘을 알아듣는다. 내가 사람 하나는 잘 뽑았다니까.

"다만 한 가지 더."

마동철의 표정이 다시금 딱딱하게 굳었다.

"다른 문제도 고려는 해 봐야 합니다."

"다른 문제요?"

마동철이 고개를 끄덕였다.

"사장님도 잘 아시겠지만 이는 따지고 보면 저희가 타 방송국보다 CBS 측에 더 팔이 굽는다는 인상을 심어 줄 수도 있는 일이어서요."

마동철이 지적한 바는 내가 미처 생각하지 못한 내용이었다.

'맞아, 지금은 그런 시대였지.'

근 미래에선 상상하기 힘든 이야기지만, 이 시대만 하더라도 방송에서 타 방송국을 언급하는 일은 터부시되는 금기이자 불문율이었다.

그래서 각 방송국의 공채 출신 개그맨이나 연예인은 출신 방송국에 종속되는 느낌이 강했고, A 방송국 출신의 누군가가 B 방송국 프로그램에 출연하는 것이 약간의 가십거리가 되기도 하는 시대였던 것이다.

그것도 차차 시간이 흐르며 K사니 C사니하며 예능에서 간접적으로 언급하는 수순으로 흘러가다가 종국에는 프리랜서 아나운서라는 개념까지 확장되지만, 지금은 아직 그런 시대 정신을 감안할 필요가 있었다.

'그렇다곤 해도 어느 방송국이 서운한 행동을 하면 소속사 차원에서 보이콧을 해 버리는 경우도 있으니 미래에도 그런

관례가 아주 사라지는 건 아니지만.'

하물며 우리는—본의는 아니었지만—CBS 측에 각종 예능을 납품하며 타 방송국보다 무게추가 기울어져 있는 형편이어서, 그들도 자사 가요프로그램 출연 순서에 SBY를 은근슬쩍 앞에 배치하는 등 기 싸움을 가해 오는 실정이었다.

그리고 그건 우리가 CBS에 납품할 예능이 성공을 거둘수록 더 심해질 것이다.

'차라리 KBC 쪽에서 의뢰를 해 준다면 모를까…… 하지만 국영방송 특유의 고지식함이 우리 사정을 헤아려 줄 것 같지는 않군.'

그 문제만큼은 한동안 상황을 지켜봐야 하려나.

그때 사장실 전화기가 울렸다.

백하윤이 전화를 건 걸까?

"잠시 실례하겠습니다."

"아닙니다."

나는 책상으로 가서 전화기 버튼을 눌렀다.

"예."

─사장님, 김승연 씨가 오셨습니다.

전예은이었다.

드디어 사인회가 끝났나?

─전무님과 미팅 중이시니 잠시 기다리라고 전할까요?

한편 마동철은 '김승연이 왔다고?' 하며 놀라는 얼굴이었다.

'마동철은 방금 전까지 로비에서 있었던 일을 모르는 모양이군.'

하긴, 어제부터 기분이 별로였을 전무급 이사에게 누가 그런 시시콜콜한 해프닝을 보고하겠냐만은.

나는 잠시 생각하다가 마동철을 보았다.

"전무님, 실례지만……."

"아, 예."

마동철은 어제 오전—그것도 별로 유쾌하지 않은 분위기에서—처음 본 사이인 줄 알았던 김승연이 아침부터 나를 찾아온 사정이 뭔지 퍽 궁금해하는 눈치였지만, 눈치껏 자리에서 일어섰다.

"그러면 이후 상황이 진척될 때 다시 찾아뵙겠습니다."

"고맙습니다."

나는 마동철이 나가길 기다렸다가 전화기에 대고 말했다.

"들어오시라고 하세요."

―예, 알겠습니다.

잠시 기다리고 있으니 김승연이 전예은을 대동한 채 사장실로 들어왔다.

"안녕."

"네, 안녕하세요."

가벼운 인사 후 사장실로 들어오면서 마동철이 나가는 걸 본 모양인지, 김승연은 내게 인사 직후 은근슬쩍 물었다.

"바쁜 거 같은데, 괜히 나 때문에 예정에 없던 시간 낸 거 아니야?"

"괜찮아요. 전무님과 일은 일단락했고……. 바쁘기로 따지면 누나야말로 누구 못지않잖아요?"

내 말에 김승연이 피식 웃었다.

"말이나 못하면."

"하하, 일단 앉으시죠."

나는 김승연을 안내한 뒤, 대기 중이던 전예은에게 차를 주문하고 자리에 앉았다.

"어제는 잘 들어갔어?"

"네, 덕분에요. 누나도 잘 주무셨어요?"

"뭐……."

김승연은 어깨를 으쓱였다.

"오랜만에 여자 셋이서 왁자지껄했어."

나는 김승연의 말에 고개를 끄덕였다.

'윤아름과 붙여 둔 게 독이 되지는 않을지 걱정했는데, 말 그대로 기우였던 모양이군.'

전예은이 노력해 주었으리라.

"그나저나 회사 좋네."

"신축이거든요."

"그래 보여. 방송국이랑 먼 건 별로지만."

적당한 환담으로 운을 뗀 김승연이 다리를 꼬며 말을 이었다.

"됐고. 그럼 퀴즈. 내가 아침부터 찾아온 이유가 뭐게?"

나는 빙긋 웃으며 김승연의 말을 받았다.

"소속사 이적 때문이시죠?"

"흐응."

김승연이 눈을 가늘게 떴다.

"눈치가 빠르네."

"많이 듣습니다."

"그래서 징그러울 정도야."

"……."

그건 처음 듣는다.

어쨌거나, 예상하던 대로 김승연은 기존 소속사에서 SJ엔터테인먼트로 이적을 고려하고자 찾아온 것이었다.

'그게 아니면 김승연이 어제 나를 만나려 하지도, 오늘 아침부터 나를 찾아올 이유도 없을 테니까.'

김승연이 우리 회사로 와 준다고 한 건 꽤 기꺼운 일이지만, 그 전에 몇 가지 짚고 넘어갈 사안이 있었다.

다음 권으로 이어집니다

우리 교황님 좀 말려 주세요

판미손 퓨전 판타지 장편소설

비정상 교황님의
듣도 보도 못한 전도(물리) 프로젝트!

이세계의 신에게 강제로 납치(?)당한 김시우
차원 '에덴'에서 10년간 온갖 고생은 다 하고
겨우 교황이 되어 고향으로 귀환했건만……

경고! 90일 이내 목표 신도 숫자를 달성하지 못할 시
당신의 시스템이 초기화됩니다!

퀘스트를 달성하지 못하면 능력치가 도로 0이 된다고?
그 개고생, 두 번은 못 하지!

"좋은 말씀 전하러 왔습니다, 형제님^^"
※주의※ 사이비 아닙니다, 오해하지 마세요!

망한 가문의 검술 천재가 되었다

소구장 퓨전 판타지 장편소설

역사에서도 잊힌 비운의 검술 천재
최강의 꼰대력으로 무장한 채
후손의 몸으로 깨어나다!

만년 2위 검사 루크 슈넬덴
세계를 위협하던 마룡을 물리치며
정점에 이른 순간

이대로 그냥 죽어 다오, 나를 위해서.

라이벌인 멀빈 코넬리오에게 목숨을 잃⋯⋯
⋯⋯은 줄 알았는데,
200년 후의 몰락한 슈넬덴가에서 눈뜨다!
가족이라고는 무기력한 가주, 망나니 1공자뿐
망해 버린 가문을 살리기 위해
까마득한 조상님이 팔을 걷었다!

설풍 같은 검술, 그보다 매서운 독설로
슈넬덴가를 정점으로 이끌어라!